# 27 Chapitres
et un peu plus
pour être
HEUREUX
en toute
circonstance

Fanny Chartres

# 27 chapitres et un peu plus pour être HEUREUX en toute circonstance

Illustré par Églantine Ceulemans

neuf
*l'école des loisirs*
11, rue de Sèvres, Paris 6e

*Loi n° 49.956 du 16 juillet 1949 sur les publications destinées à la jeunesse : janvier 2023*
*Dépôt légal : janvier 2023*
*Imprimé en France par Aubin Imprimeur à Ligugé*

ISBN 978-2-211-31981-2

*À mon père,*
*plus fantastique que Mr Fantastique.*

# 1

Quand Lily et la directrice sont arrivées dans la classe, on était en train de répéter «J'ai pas fait mes devoirs» pour la fête de l'école. La maîtresse, madame Galiote, faisait de grands gestes comme les chefs d'orchestre. Plus elle s'agitait, plus on braillait. Enfin, surtout Josselin, qui depuis sa participation à The Voice Kids prenait la salle de classe pour un plateau de télévision. À un moment, la maîtresse a remarqué qu'on avait les yeux fixés sur la porte. Elle a arrêté de gesticuler et on a cessé de chanter, sauf Josselin, qui aimait se faire remarquer.

La directrice venait d'entrer, accompagnée d'une fille qui ne ressemblait à aucune autre.

– Les enfants, je vous présente votre nouvelle

camarade, a commencé madame Bezoul. Lily nous vient de Joie-sur-les-Cœurs. Merci de lui faire bon accueil.

J'ai tout de suite vu que la nouvelle n'était pas comme nous. C'était pas à cause du nom de sa ville d'origine, ni de ses cheveux de la couleur du potimarron, ou de ses habits bariolés et chiffonnés. Non, c'était pas pour ces raisons. C'était parce qu'elle souriait. Et son sourire, il n'était pas comme nos sourires à nous. Le sien, il était très doux et très grand. Comme le soleil du petit matin lorsque maman venait me réveiller.

– Bienvenue, Lily, a dit madame Galiote.

Tiens, tu n'as qu'à aller t'asseoir à côté d'Augustin. Il te prêtera ses manuels en attendant que tu aies les tiens.

– Merci, a répondu Lily en me regardant comme si j'étais Omar Sy.

Elle s'est assise à côté de moi et m'a chuchoté à toute vitesse :

– J'espère que je te dérange pas. S'cuse-moi si c'est le cas.

J'ai pas su quoi répondre parce que, dans la classe, on n'était pas du genre à s'excuser. On était plutôt du style à se montrer plus fort que tout le monde, à prendre la place de l'autre, à se moquer et rembarrer plus vite que son ombre. On avait même inventé un jeu. Le jeu du « Il parle comme il dégaine », qui consistait à envoyer le plus de vannes possible pendant la récré.

Puis la maîtresse nous a demandé de prendre notre manuel d'histoire-géo. Et, comme souvent, elle s'est rendu compte qu'elle avait oublié le sien, alors elle a dit :

– Oh zut, j'ai dû le laisser à la maison.

On s'est tous regardés en pouffant de rire, sauf Lily qui ne savait pas qu'elle venait de tomber dans la classe de la maîtresse la plus tête en l'air de la terre.

– Madame Galiote est sotte, pire que la linotte, elle oublie tout, ses cahiers, ses bottes et même sa culotte ! lui ai-je dit pour la mettre au courant.

Mais Lily n'a pas ri. Elle me regardait, les yeux brillants.

– Parce que toi tu n'oublies jamais rien ? elle m'a demandé d'une voix étonnée.

J'ai ouvert mon manuel à la page sur Charlemagne, et je l'ai gardé rien que pour moi. Elle n'avait qu'à avoir le sens de l'humour.

## 2

Les jours suivants, l'étrange comportement de la nouvelle s'est confirmé. Quand la directrice s'est pris la banderole de la fête de l'école sur la tête, elle n'a pas ri et elle s'est précipitée dans la cour pour aller l'aider. Lorsque l'infirmière est venue nous parler de notre corps, elle n'a pas gloussé comme nous tous, mais l'a remerciée de nous avoir rendus moins bêtes. Quand Josselin a expliqué en cours d'histoire que Jeanne d'Arc s'appelait comme ça car elle pratiquait le tir à l'arc, elle ne s'est pas moquée de lui et a déclaré qu'on ne savait pas, que si ça se trouvait Jeanne faisait de l'arc durant son temps libre.

Elle nous blâmait quand on se charriait

les uns les autres, nous arrêtait quand on s'envoyait nos cartables à la figure et trouvait des excuses à tout le monde. Même à Josselin, qu'elle encourageait à chanter car « dans la vie il faut aller jusqu'au bout de ses rêves ». Du coup, c'était beaucoup moins marrant, et certains ont commencé à l'éviter pour pouvoir rigoler tranquilles.

Pour parfaire le tableau, elle était tout le temps « désolée » et, quand elle voulait demander ou dire quelque chose, elle faisait d'hyper longues phrases au lieu d'aller directement au but.

Par exemple : «Augustin, excuse-moi de t'embêter, je sais que je t'en ai déjà demandé une il y a deux semaines et que ça ne se fait pas, mais je te jure que je te la rendrai. Est-ce que tu pourrais me prêter une cartouche ? »

Ou : « Charline, ne t'en fais pas, ça s'en ira avec de l'eau et du savon, et puis, c'est même très joli dans tes cheveux, on dirait des petites boules de Noël scintillantes, mais je voulais quand même te prévenir que tu as des miettes de pain mouillées sur la tête. Ne panique pas, et ne cherche pas à savoir qui t'a fait ça, je suis sûre qu'il le regrette déjà.»

Ensuite, elle nous regardait, Paulus et moi, car elle savait que tous les deux on adorait envoyer des projectiles dans la tignasse emmêlée de Charline. On avait bien essayé de faire nos blagues quand elle avait le dos tourné, mais sa chevelure de potimarron surgissait comme un cheveu sur la soupe et faisait chaque fois tout rater.

Même la maîtresse avait du mal avec elle. J'avais carrément l'impression qu'elle l'énervait. Par exemple, quand Lily lui tendait son manuel de français avant même qu'elle se rende compte qu'elle avait oublié le sien, ou lorsqu'elle lui disait que sa craie était dans sa main alors qu'elle la cherchait partout et que ça nous faisait trop rire, madame Galiote la remerciait d'un ton un peu sec. Une fois, elle lui avait même dit de s'occuper de ses affaires.

Quand c'était comme ça, Lily devenait brusquement toute triste, mais ça ne durait jamais longtemps. Un quart d'heure plus tard, elle avait récupéré son sourire et me proposait son aide pour l'exercice de maths sur lequel je calais.

# 3

Je trouvais Lily étrange et parfois même super agaçante tellement elle était gentille, et pourtant, j'arrivais pas à l'envoyer balader comme le faisaient Paulus et les autres.

Ce jour-là, on était à la piscine, assis tous les deux sur le banc, moi, parce que j'étais puni pour avoir sauté du perchoir alors que c'était interdit, elle parce qu'elle était dispensée.

– Merci, m'a-t-elle dit.

– Pourquoi tu me remercies ? lui ai-je demandé.

– Parce que tu me tiens compagnie.

Normalement, j'aurais dû lui répondre que je n'avais pas le choix. Je n'avais pas le droit d'aller dans l'eau, et tous les autres bancs étaient occupés par un groupe de mamies écoutant les instructions de leur professeur d'aquagym. Mais, pour une fois, j'ai gardé ma remarque désagréable pour moi. Je me suis demandé pourquoi, et j'ai soudain réalisé que j'avais tout simplement envie d'être à côté d'elle. Ça m'a fait tout drôle comme pensée.

– T'es un peu le seul, a-t-elle repris en balançant ses jambes. J'ai l'impression que les autres m'aiment pas trop.

Elle regardait le bassin, mais, même de profil, je voyais bien qu'elle avait perdu son grand sourire.

– C'est parce que t'es trop…, j'ai commencé.

– Rousse ? m'a-t-elle questionné en se tournant brusquement vers moi.

– Non, t'es trop, tu sais, t'es pas comme…

– Comme vous ?

– Oui, voilà.

– Tu dis ça à cause de mes habits ?

– Non, c'est pas pour ça. C'est parce que t'es… t'es trop gentille !

– Trop gentille ? Mais c'est pas possible, comment on peut être trop gentil ? C'est plutôt l'inverse, on ne l'est jamais assez, tu ne crois pas ?

– Mais tu vois bien, nous, on n'est pas comme toi, on est un peu…

– Méchants.

Même si elle avait dit « méchants » de sa voix toute douce, ce mot m'a effrayé et coupé toute envie de continuer la conversation. Je ne me voyais pas comme quelqu'un de méchant. J'aimais juste rigoler avec Paulus et les autres. C'était pas interdit, que je sache. Et, en plus, c'était le seul moyen d'avoir des copains.

Je suis allé m'asseoir sur le banc de l'autre côté du bassin, avec les mamies qui apprenaient à utiliser leur frite de piscine. J'ai plus parlé à Lily de toute la journée et je suis rentré à la maison sans même lui dire au revoir.

– Alors, chaton, comment s'est passée ta

journée ? m'a demandé maman pendant le dîner.

– Comme d'hab, j'ai fait en poussant discrètement les haricots dans un coin de mon assiette.

– T'avais piscine, c'est bien ça ? a continué papa.

J'ai hoché la tête.

– J'espère que tu as montré aux autres que t'as la gagne dans le sang, comme ton père !

– Arthur, je t'en prie, a fait maman.

– Quoi ? C'est le moyen le plus efficace et le plus rapide pour réussir dans la vie, a-t-il poursuivi en rigolant et en reprenant de la purée. Ça commence dès l'école, en se lançant des défis, en s'imposant, en étant plus fort que les autres. C'est ce que j'ai fait, et regarde aujourd'hui ce que je suis devenu et la maison qu'on a. C'est pas mal, non ?

Papa travaillait dans une banque. Il était chargé de clientèle. En gros, il était chargé de prendre le plus d'argent possible aux gens pour le redonner ensuite aux plus riches et à son patron qui, pour le remercier, lui donnait des primes. C'était grâce à ça qu'on avait une immense maison et une autre encore plus grande au bord de la mer.

«Tout ça, je l'ai gagné à la sueur de mon front», il disait souvent en faisant un grand geste de la main.

Même si je ne l'avais jamais vu transpirer.

Parfois, j'aurais préféré qu'il soit fleuriste ou charcutier, comme le papa de Paulus, qu'il remplace son costume-cravate par un tablier, qu'il arrête de se parfumer, de porter des mocassins qui claquent, de parler chiffres, placements et autres mots en «-ent» hyper ennuyeux.

– Au fait, Augustin, a repris ma mère. J'ai rencontré la maman de Paulus. Elle m'a dit que vous aviez une nouvelle dans la classe. Tu ne nous l'avais pas dit.

– J'ai oublié, ai-je fait.

– Tu sais ce que font ses parents? m'a

demandé papa en se resservant. C'est quand même étrange d'arriver deux mois après la rentrée.

– Non, je sais pas, ai-je marmonné. Bon, on peut changer de sujet ?

– Pourquoi ? Elle t'a fait quelque chose ? s'est inquiété mon père.

J'ai rien répondu et j'ai prétexté un devoir de maths pour quitter la table.

# 4

J'étais en train de construire une cabane avec mes crayons de couleur quand un caillou est venu cogner contre ma fenêtre. Puis un second. J'ai reconnu la signature de Milos.

– J'ai l'impression que ta chambre a monté d'un étage depuis la dernière fois, m'a-t-il dit, essoufflé, tandis que je le faisais entrer.

Milos était mon cousin. Il habitait dans la cité HLM d'à côté, et, comme papa ne voulait pas trop qu'on se voie, il venait en cachette. Je l'aimais bien, Milos. Il avait de grosses lunettes rondes et une casquette rouge que je ne l'avais jamais vu enlever une seule fois. Je me demandais même s'il n'était pas né avec.

Il s'est jeté sur mon lit et a pris l'un des Lucky Luke rangés sur l'étagère.

– Alors, quoi de neuf? m'a-t-il demandé en ouvrant la BD.

– Rien de spécial, lui ai-je répondu, parce que je n'avais pas envie de parler.

J'ai ouvert le tiroir sous mon lit et sorti notre grand cahier.

– On s'y remet ?

Milos et moi, on était en train de faire un roman illustré. Il s'appelait *Les Deux Fantastiques* et racontait l'enfance d'Antoine Griezmann et de Thomas Pesquet. Dans notre livre, ils étaient cousins. Il leur arrivait tout un tas d'aventures qu'à force on croyait réelles, même s'il y avait peu de chances pour que Toto et Grizou se connaissent.

– On était rendus où ? a fait Milos.

– Au moment où Antoine s'entraîne à dribbler sur le terrain de foot pendant que Thomas fait des pompes.

– Juste avant que le père de Griezmann les surprenne ?

– Oui, mais on n'a pas encore commencé le

chapitre. Occupe-toi de la première illustration, pendant que je termine le texte du précédent.

Au début, on avait voulu faire un roman sur l'enfance d'un seul personnage. Mais on n'avait pas réussi à se mettre d'accord sur lequel. Moi, je ne savais même pas combien de joueurs comporte une équipe de foot, et je ne voyais pas en quoi shooter dans un objet rond était aussi incroyable. Quant à Milos, il pensait que l'ISS était une marque de vêtements et il ne comprenait pas qu'on puisse s'intéresser à une planète déserte, située à des millions de kilomètres, alors qu'il restait des tas de choses à découvrir sur la Terre.

Il était déjà rendu au deuxième dessin, et je n'avais pas encore fini mon paragraphe. Je pensais à Lily.

– Bah, qu'est-ce que t'as ? Tu bloques ? m'a demandé mon cousin.

– Non, ça va venir, laisse-moi le temps, lui ai-je répondu en soufflant.

Mais, alors que Milos avait fini les quatre

dessins du chapitre, je n'avais toujours rien écrit.

– Tibor m'a dit que vous aviez une nouvelle dans votre classe, a-t-il lancé tout en coloriant le maillot de Griezmann.

Tibor était son petit frère. Il était seulement en CP, mais il aurait déjà pu travailler comme agent secret à la direction du renseignement et de la sécurité intérieure.

– Qu'est-ce que vous avez tous à me parler d'elle ! me suis-je énervé en jetant mon Bic sur la couette.

Si j'avais pu, j'aurais parlé plus fort, mais j'avais pas envie que mes parents débarquent dans ma chambre et découvrent Milos allongé sur mon lit avec ses baskets et moi à côté, en train de le regarder au lieu de faire mes maths.

– Elle est sympa ? a repris Milos, qui allait toujours au bout de ses idées.

– Ça, pour être sympa…, ai-je commencé.

Je lui ai expliqué le problème de Lily.

– C'est chiant, ai-je conclu, mais, en même

temps, on peut pas la punir et l'exclure parce qu'elle est trop gentille.

– C'est sûr, mais tu peux l'aider à l'être un peu moins, m'a répondu mon cousin sans décoller le nez de son dessin. C'est pour son bien, après tout. Elle n'arrivera à rien dans la vie si elle continue comme ça.

# LES DEUX FANTASTIQUES

## Notes de travail

Cinq remèdes possibles contre le Syndrome de la page blanche

- écrire n'importe quoi (ex. : top 5 des filles les plus canon de l'école, top 3 des meilleurs moments de la matinée, top 5 des pires journées du mois, liste de courses, de rêves, etc.).
- prendre un objet, n'importe lequel (ex. : bouchon de stylo, rouleau de papier toilette sans papier, casquette du cousin, crotte de nez, etc.), et le décrire.

• trouver un chat (ex.: Gaston) et le poser sur votre ~~bureau~~ lit, juste à côté de votre ~~machine à écrire~~ cahier.

• changer de carrière et faire comme votre père.

• aller parler à celle qui vous empêche de vous concentrer sur le grand roman que vous essayez d'écrire.

## *5*

Le lendemain matin, je suis allé voir Lily. Elle arrivait toujours en premier pour avoir le temps d'aider les maîtres à ranger le hall de l'école. Équipée des mêmes gants roses que maman utilisait pour faire la vaisselle, elle était accroupie en train de ramasser un mouchoir en papier et autre chose que je n'ai pas réussi à reconnaître. Et il valait sans doute mieux pas.

– Salut, lui ai-je dit en m'approchant.

Elle s'est relevée. En plus de la couleur, ses cheveux avaient maintenant la forme d'un potimarron que quelqu'un aurait passé au mixeur.

– Oh, c'est toi, a-t-elle fait. Je voulais justement m'excuser pour hier, à la piscine. J'ai été nulle de te dire ça. Je…

– Si tu veux, je peux t'aider, l'ai-je coupée.

– À balayer ? m'a-t-elle demandé, des étoiles dans les yeux, comme si je venais de lui proposer un voyage à bord du vaisseau *Crew Dragon*.

– Non, à te faire des amis, à être moins seule à la récré !

Elle a tourné la tête vers la cour qui commençait à se remplir. Josselin et Paul venaient d'arriver avec Fatima et Sidonie, qui l'autre jour, pendant le jeu du béret, n'avaient pas voulu de Lily dans leur équipe.

– Ah oui, j'aimerais bien.

– Alors tu me jures de m'écouter et de faire ce que je te dis ?

– D'accord, m'a-t-elle dit. C'est super gentil de ta part de vouloir m'aider.

– Ça commence maintenant. Lâche ta pelle et ta balayette.

– Non, je n'ai pas terminé, m'a-t-elle répondu en faisant un geste vers un masque qui traînait sur le sol.

– Lily, tu m'as dit que tu m'écoutais. Alors écoute-moi ! C'est ma méthode à moi pour t'aider à te faire des amis.

– Ne plus balayer ?

– Non, enfin oui… Je vais t'aider à être méchante.

Elle a dégluti et est devenue toute pâle. J'ai soudain eu peur qu'elle fasse un malaise.

– Mais t'inquiète, on va y aller en douceur. Viens chez moi après les cours.

C'était plus prudent de lui faire commencer son entraînement en dehors de l'école. Je n'avais pas envie que Paul et la bande nous charrient.

– Non, aujourd'hui, je peux pas. Ma seule soirée de libre, c'est le jeudi.

Ça m'a rassuré de l'entendre dire ça. Finalement, elle était comme tous les enfants de l'école, surchargée de tout un tas d'activités.

– Tu fais quoi ? lui ai-je demandé, curieux de découvrir où ses parents l'avaient inscrite.

Je m'attendais à ce qu'elle me réponde danse, gym ou équitation, quand elle m'a dit :

– Le mardi soir, j'ai mots croisés avec monsieur Ferdinand.

Puis elle a poursuivi en me décrivant en détail son emploi du temps. Le lundi, elle allait lire des histoires aux p'tits vieux des Jonquilles, la maison de retraite ; le mardi, elle passait donc une à deux heures avec monsieur Ferdinand, 95 ans, ancien champion de mots croisés ; le mercredi, elle allait nourrir des chats et des chiens à la SPA ; le vendredi, elle était à Tricodon, une association dans lesquelles les bénévoles tricotaient des pulls géants destinés à protéger du froid des éléphants d'Asie ; et le week-end et les vacances, ça dépendait des besoins. En hiver, il y avait les collectes alimentaires et, l'été, elle donnait un coup de main à son cousin.

– Oh, c'est marrant, me suis-je exclamé,

tout content. Moi aussi, je donne un coup de main à mon cousin !

Chaque deuxième samedi de juillet, j'aidais Milos à tenir la buvette de la course de vélos qu'organisait l'entreprise de son père.

– Trop chouette ! m'a-t-elle répondu. Vous faites quoi ? Nous, on ramasse les déchets qui flottent sur la rivière Sibel. On fait ça en canoë-kayak, c'est amusant tout en étant utile !

La sonnerie de l'école annonçant le début de la classe a retenti, et je ne me suis jamais senti aussi heureux d'entendre son bruit strident.

– Donc, si tu veux, a repris Lily tandis que nous nous mettions en rang, on peut commencer jeudi.

– Oui, voilà, on va faire comme ça, lui ai-je répondu, soulagé qu'elle ne répète pas sa question.

– Mais ce soir, si ça te dit, tu peux m'accompagner chez monsieur Ferdinand.

– Euh, oui, d'accord, me suis-je entendu répondre.

Je ne savais absolument pas pourquoi j'avais accepté alors que le mardi soir était mon moment préféré de la semaine. Maman était à son cours de qi gong et papa finissait à 19 h 30, j'avais la maison entière pour moi tout seul. Je pouvais jouer à Fortnite sur la télé en mettant le son hyper fort tout en mangeant des chips. Le bonheur total ! Alors que là je venais d'entrer chez monsieur Ferdinand, 95 ans, gâteux, puant et sans dents.

Quand je suis ressorti deux heures plus tard, je n'avais plus de forces. C'est épuisant de donner de son temps aux autres. Il m'avait fallu faire un effort surhumain pour ne pas m'enfuir tellement je m'ennuyais. En plus, j'avais trouvé seulement deux mots dans ma grille de mots croisés, contrairement à Lily et à Ferdinand qui s'amusaient comme des fous. Je ne savais pas comment Lily faisait. Elle devait avoir un réservoir à gentillesse que nous, les enfants normaux, n'avions pas. En ressortant, elle était aussi gaie et excitée que moi après une partie de Flight Simulator. Ce jour-là, j'ai compris que son entraînement à la méchanceté allait me donner beaucoup plus de mal que prévu.

## Messages de travail entre Augustin Trévenoy et Milos Rigola, auteurs des *Deux Fantastiques*

**Milos Rigola :** Donc, quand Grizou arrive chez Toto, la première chose qu'il lui dit, c'est : « Toto, tu viens me voir ce soir ? On joue contre Joie-sur-les-Cœurs. On va les massacrer ! »
**Augustin Trévenoy :** ...
**Milos Rigola :** Alors ?
**Augustin Trévenoy :** Non, pas comme ça.
**Milos Rigola :** Bah, pourquoi ? C'est comme ça qu'ils parlent, Grizou et Toto. Ils ont toujours parlé de cette manière. Pourquoi tu veux changer ?
**Augustin Trévenoy :** « Massacrer », c'est un peu... violent, tu trouves pas ?
**Milos Rigola :** C'est juste une façon de dire qu'ils vont leur mettre la pâtée ! Qu'ils vont les battre ! Qu'ils sont plus forts qu'eux et que ce soir l'équipe de Joie-sur-les-Cœurs va s'en prendre plein la gueule.
**Augustin Trévenoy :** Arrête ! C'est du sport,

pas la guerre ! Ils peuvent se parler gentiment, quand même. Et je pense aussi qu'il faudrait que Grizou et Toto aident des gens dans le besoin.

**Milos Rigola :** Qu'est-ce qui te prend ?

**Augustin Trévenoy :** Je pense qu'il faut qu'on rende nos personnages plus... gentils pour que nos lecteurs s'attachent.

**Milos Rigola :** Tu veux démolir notre carrière ou quoi ? Les lecteurs ont besoin d'action, de rebondissements, de combats, de blagues, méchantes et bien crados. C'est ça qui les attire. C'est ça qui fait vendre ! À quoi ça sert, la gentillesse ? Tu le sais, toi ? Ça t'a déjà aidé d'être gentil ?

**Augustin Trévenoy :** Non.

**Milos Rigola :** Tu vois ! La gentillesse, c'est chiant et totalement inutile !

# 6

Le jeudi du premier cours était arrivé. Même si je savais que ça allait être coton, j'étais tout excité à l'idée de former Lily. J'avais prévu de commencer sur le trajet de la maison, en lui apprenant quelques reparties bien placées à lancer aux copains. Sauf qu'elle a rapidement dévié la conversation et m'a embarqué vers d'autres sujets. Des trucs auxquels je n'avais encore jamais pensé et qui me semblaient pas hyper passionnants pour des enfants de 10 ans.

– Est-ce que, toi, tu crois que, si on mettait tout l'argent du monde sur une grande place, les gens, ils prendraient juste ce dont ils ont besoin ?

– Euh, oui… non… je sais pas, en fait. Tu veux dire qu'il n'y aurait plus de banques ?

Je pensais à papa. Je n'avais pas envie qu'il perde son travail et qu'on se retrouve à la rue.

– Oui, voilà. Après tout, on saurait peut-être s'occuper de nos sous tout seuls, non ?

J'ai commencé à me demander si l'emmener chez moi était une bonne idée. Qu'est-ce qu'il se passerait si elle partageait ses réflexions avec mes parents ?

– Je sais pas, en fait. D'où tu sors ça ?

– C'est ma mère et mon père qui disent ça. Ils pensent qu'on devrait supprimer les banques, les magasins, les supermarchés et mettre tout à la disposition du peuple. Ce serait comme une énorme tirelire, mais sans clé. Et tout le monde serait heureux !

– Oui, mais il y en aurait toujours qui prendraient plus que d'autres, et un jour la tirelire serait totalement vide.

– Peut-être pas, peut-être que les gens seraient raisonnables.

– On va faire un test, lui ai-je dit tandis qu'on entrait dans le square des Bienfaiteurs. Tu vas vite comprendre que c'est pas possible.

J'ai pris mon sac à dos et sorti les Dragibus que Paulus et moi avions piqués à Josselin.

– Bouge pas, lui ai-je demandé. Je reviens.

J'ai ouvert le paquet de bonbons et, après avoir vérifié que la voie était libre, je suis allé le placer sur un banc devant l'aire de jeux, de sorte que tous les enfants qui jouaient au loup ou faisaient du toboggan le voient. Ensuite, je suis retourné vers Lily. Elle était en train de donner à manger à des pigeons tout crasseux. Quand elle m'a vu, elle a fermé et rangé son sachet de pain dans son cartable. Puis elle m'a souri avec son air d'ange. Il ne lui manquait plus qu'un cercle flottant au-dessus de la tête et des ailes derrière le dos.

– Je prends toujours un peu de pain avec moi avant de partir, s'est-elle justifiée quand elle m'a vu l'observer bizarrement. C'est rare de ne pas tomber sur un ou deux oiseaux affamés sur le chemin.

– Si ça te fait plaisir, ai-je fait en haussant les épaules. Bon, revenons à notre expérience. Tu vois les bonbecs que j'ai posés sur le banc ? Je te parie mon goûter pendant un mois qu'un des enfants va prendre le paquet sans partager avec les autres.

– OK.

On s'est assis sur les chaises devant le lac et on a attendu. À un moment, un petit rouquin de 4 ou 5 ans, perché en haut du toboggan, a repéré le paquet de Dragibus. Il s'est laissé glisser, puis a couru vers le banc pour prendre le sachet de bonbons. J'ai ouvert la bouche, prêt à lâcher le cri de la victoire, quand brusquement le gamin s'est dirigé vers le gardien et lui a tendu les Dragibus en lui faisant un grand sourire.

– Voilà, a fait Lily en se mettant debout.

– Ça compte pas, lui ai-je répondu, c'est sûrement un enfant perturbé.

Je n'allais quand même pas me laisser déstabiliser.

– Bon, allons-y, ai-je repris, on n'a pas que ça à faire.

Une fois sortis du square, je lui ai demandé de me réciter les plus énormes gros mots qu'elle connaissait afin d'évaluer son niveau en insultes. Elle a ouvert la bouche, puis s'est arrêtée en plein milieu de l'ouverture. J'ai d'abord cru que, n'étant pas habituée à ce genre de langage, elle avait besoin de bien respirer avant de se lancer, mais elle a levé le bras pour me montrer quelque chose.

– Tu vois cette maison là-bas, entre les deux énormes rouges et blanches ?

– Oui, la petite bleu et jaune ? ai-je fait en regardant une maison, minuscule, mais bien plus jolie que toutes les grosses qui l'entouraient.

– Eh bien, c'est la mienne !

J'ai senti mes jambes se ramollir comme quand c'était à moi de passer en récitation.

Je pensais au 35, rue de Jupiter, l'adresse où nous allions. Comparée à celle de Lily, ma maison me semblait brusquement hyper ringarde, trop grosse, trop remplie, trop banale.

– C'est pas grand, mais on s'y sent bien, a commenté Lily, les yeux brillants.

J'ai rien répondu et j'ai continué de marcher les yeux fixés sur mes lacets de chaussures.

– Ils font quoi comme métiers, tes parents ? lui ai-je demandé alors que nous venions de tourner dans ma rue.

– Mon père est homme au foyer et ma mère, elle est responsable des dons à la Croix-Rouge. En gros, elle prend de l'argent là où il y en a pour le redonner aux plus pauvres.

J'ai soudain manqué d'air. Et quand nous sommes arrivés devant ma maison, j'ai pressé le pas en priant pour que maman ne nous voie pas passer.

# 7

Je ne pouvais plus emmener Lily chez moi. Je ne voulais pas qu'elle voie ma belle maison, ma mère qui semblait tout droit sortie d'un magazine de mode, nos nains de jardin, le grand écran dans le salon, mes consoles de jeux vidéo, le tapis de l'entrée en soie et pure laine de Nouvelle-Zélande et enfin, cerise sur le gâteau, mon père qui arriverait bientôt et raconterait tout l'argent qu'il avait fait gagner à sa banque dans la journée.

– Et toi, ils font quoi, tes parents? m'a demandé Lily tandis que nous arrivions au bout de ma rue.

J'ai réfléchi très vite. J'ai listé dans ma tête

Numéro Spécial PARENTS
voir page 15
LA VIE D'AUGUSTIN
Interview exclusive !
OH NON !
Secrets de Famille, Idées Déco, Investissements bancaires...

tout un tas de métiers : nettoyeur d'écrans de cinéma, pêcheur de vélos, éleveur d'insectes, testeur de toboggans, mannequin des pieds… Mais aucun ne convenait. Il fallait un métier original mais modeste, où le salaire de l'employé provenait de ses mains et non du portefeuille et de la sueur des autres. C'est là que j'ai pensé aux parents de Milos.

– Ma mère est femme au foyer. Et mon père, il est ouvrier à l'usine Hygiotout.

Lily s'est brusquement arrêtée. Si ça se trouvait, avec le bol que j'avais, elle connaissait quelqu'un qui y travaillait.

– On n'est pas déjà passés par là ? m'a-t-elle demandé.

Elle avait raison. Je venais de lui faire faire le tour du pâté de maisons en attendant de trouver le métier de mon père et l'idée lumineuse qui me permettrait de ne pas lui faire franchir le seuil de ma maison.

– Oh non, t'inquiète, toutes les baraques se ressemblent, par ici.

– Ouais, les maisons de bourges n'ont aucune personnalité, elle a fait.

J'aurais dû me réjouir et la féliciter, car elle venait de dire quelque chose de pas franchement sympa, mais j'ai pas pu. J'avais même plus du tout envie de parler. Il a bien fallu pourtant, car elle m'a posé des questions sur le travail de mon père, enfin sur celui du père de Milos.

– Pendant le premier confinement, il a continué de travailler pour faire des milliers de flacons de gel hydroalcoolique, lui ai-je raconté.

– Ouah ! s'est émerveillée Lily. En fait, ton père, c'est un héros ! Il a risqué sa vie pour nous sauver.

Jusqu'à mes 7 ans, moi aussi, je croyais que mon père était un héros. Pour me lire des histoires, il se déguisait en chevalier, pirate ou grand aventurier, et j'avais fini par le confondre avec ses personnages, jusqu'au jour où maman m'avait emmené le chercher à son travail. Quand je l'avais vu sortir du grand bâtiment aux murs décorés de billets et de pièces de monnaie, j'avais eu un choc.

On a dépassé le terrain vague et on est arrivés devant la cité HLM de Milos.

– Voilà, c'est là que j'habite, ai-je dit à Lily en lui montrant une tour de vingt étages.

– Ouah, c'est comme à New York, où ils ont des buildings qui montent jusqu'au ciel !

Lily n'était vraiment pas comme les autres. J'étais jamais allé aux États-Unis, mais il suffisait de regarder des films américains sur Netflix pour se rendre compte que leurs gratte-ciel n'étaient pas tout à fait comme celui de Milos. On est entrés dans le hall.

– Attends-moi là, lui ai-je dit, je dois vérifier que mon frère n'est pas en train de répéter. C'est petit chez nous, et il n'aime pas être dérangé.

– Il est musicien ?

– Euh, oui, il… il fait de l'harmonica.

– Ah, c'est original…, m'a-t-elle répondu.

Alors qu'à l'école sa naïveté pouvait me

taper sur les nerfs, là, j'étais bien content qu'elle croie tout ce que je disais.

J'ai grimpé les cinq étages, me suis rendu compte au troisième que j'aurais pu prendre l'ascenseur, et sonné chez Milos. J'ai prié une deuxième fois pour que cela soit lui qui m'ouvre et non son frère ou ses parents, et, quand j'ai vu sa casquette rouge et ses grosses lunettes rondes, je me suis promis de m'inscrire à l'église l'année prochaine au lieu de faire du basket.

– Milos, il faut que tu m'aides !

## LES DEUX FANTASTIQUES

### Notes de travail

Comment débloquer un héros empêtré dans une situation compliquée?

- le faire mourir subitement (trop triste).
- lui trouver une course urgente à faire ou un petit frère malade à garder (trop peu vrai).
- le faire partir dans l'espace (trop tôt).
- le faire dormir pendant plusieurs pages (trop facile).
- lui faire faire des mots croisés (trop Ferdinand).

- le laisser se débrouiller tout seul, après tout, c'est lui le héros (mais oui, bouge-toi un peu, héros !).
- demander de l'aide à son cousin.

# *8*

J'avais réussi à convaincre Milos de se faire passer pour mon frère et de me « prêter » sa maison et sa famille. Même si le prix était lourd à payer.

– En échange, je suis d'accord pour qu'on consacre un chapitre entier à Griezmann, lui avais-je dit.

– Deux, c'est mon dernier mot, m'avait-il répondu.

– Marché conclu ! Je vais chercher Lily !

Je m'étais dirigé vers l'ascenseur avant de m'arrêter.

– Tu as toujours l'harmonica que tu as gagné à la fête de l'école ?

Le temps que j'aille chercher Lily, mon cousin l'avait ressorti et posé en évidence sur le meuble de l'entrée. Il avait aussi aéré la chambre de son petit frère qui venait de devenir la mienne depuis que la fille aux cheveux roux était entrée dans l'appartement.

– J'ai voulu garder la déco de quand j'étais petit, lui ai-je expliqué tandis qu'elle s'asseyait sur ma housse de couette Pokémon.

– T'as raison, les souvenirs, c'est comme les photos, il faut les garder.

La plupart des élèves de notre classe se seraient déjà payé ma tête ; Lily, elle, ne se moquait pas. Et je dois reconnaître que je trouvais agréable de ne plus avoir à m'inquiéter de ce que je montrais ou disais. Pourtant, il y aurait eu de quoi se gondoler : la chambre de Tibor était remplie de peluches de dinosaures et de koalas, de petites voitures et de posters Mickey et SuperWings. Je pensais déjà à la blague bien vache, mais hyper drôle, que je lui ferais la prochaine fois que je le verrais quand je me suis rappelé que j'avais moi-même une housse de couette Bob l'éponge.

– Par quoi on commence ? m'a-t-elle demandé.

On était tous les deux assis sur le lit de Tibor à regarder ses Playmobil étalés sur le sol. J'en avais carrément oublié la mission que je m'étais donnée. Je me suis levé. Il ne fallait pas perdre de temps. Tibor et sa mère pouvaient débarquer d'une minute à l'autre, même si Milos m'avait dit que le mardi ils allaient à la piscine et ne rentraient pas avant 19 heures.

– Attends-moi ici, lui ai-je répondu. Je vais chercher du matériel !

J'ai filé dans la cuisine, où le cousin était en train de préparer des tartines de Nutella.

– Je peux te les prendre ? lui ai-je demandé.

Je savais qu'il ne les mangerait pas. Son activité n'était pas destinée à satisfaire sa faim, mais sa soif de dessins. Au fil de ses envies, il créait des objets et des personnages avec toutes sortes de pâtes : à tartiner, à beurrer, à dentifrice, à polir, à récurer… Sous sa dégaine de rappeur, mon cousin était un grand artiste.

Je n'ai pas attendu qu'il me réponde. J'ai pris deux verres et une assiette qui était en train de sécher sur l'évier, j'ai mis dessus les tartines, j'ai ouvert le frigo et j'ai sorti une bouteille de jus d'orange. Et, ainsi chargé, je suis revenu dans la chambre où m'attendait Lily. Elle n'avait pas bougé d'un poil.

– Oh, c'est joli ! s'est-elle extasiée en voyant mes tartines.

C'est là que j'ai remarqué que Milos avait dessiné des cœurs sur la mie de pain.

– Non, tu ne dois pas dire ça ! ai-je répondu, sentant le rouge me monter aux joues. La première leçon de ton apprentissage consiste à critiquer.

– Même quand ça me plaît ?

– J'ai bien peur que oui, car le problème avec toi, c'est justement que tout te plaît, et c'est ça qui énerve.

– C'est pas ma faute, j'ai toujours été comme ça. J'aime la vie dans sa totalité.

– Bah, va falloir que tu fasses un effort, si tu veux te faire des amis.

Lily est restée silencieuse, le nez sur ses chaussures.

– Bon, on reprend. Que peux-tu dire de ces tartines ?

– Elles ont des cœurs, m'a-t-elle répondu en rougissant comme si c'était moi qui les avais dessinés.

– Oui, je sais. C'est Milos qui les a faits, il aime bien…, ai-je commencé à me justifier. Mais c'est pas le sujet ! Ne décris pas ce que tu vois, dis ce que tu en penses, c'est ça le but de l'exercice.

– Bah, si je dis ce que j'en pense, ce ne sera pas ce que tu attends, m'a-t-elle répondu d'un air embêté.

– Force-toi à être méchante. Pense à Charline, à Paulus, à Fatima et aux autres. Essaie de deviner ce qu'ils diraient sur la création de Milos.

Elle a regardé les tartines et pris une grande inspiration comme si elle allait plonger dans l'eau.

– On dirait du caca d'oiseau.

– Bien ! Continue, Lily !

Et elle a poursuivi, elle s'est même carrément lâchée.

– Non, on dirait plutôt la bouse d'une vache qui ferait une méga gastro-entérite !

– Super ! Et quoi d'autre ?

– … avec, sur les côtés, du crottin et de la pisse d'âne bien puante !

– Magnifique !

– En gros, c'est une espèce de toast complètement merdique.

– Bravo !

– On peut aussi dire que c'est une grosse daube réalisée par un débile de chez Daubeland !

Elle ne pouvait plus s'arrêter, et il a fallu que Milos frappe à la porte pour qu'elle reprenne son attitude sage et polie.

– Ça va, frangin ? a demandé Milos.

– Impec, lui ai-je répondu en essayant de ne pas m'esclaffer.

– C'est parce que j'ai entendu Lily crier.

– Oui, c'est dans le cadre de son entraînement.

– On commentait les motifs de ces tartines, est intervenue Lily, on dirait que quelqu'un a chi…

– Bon, c'est pas tout ça ! l'ai-je coupée, mais on n'a pas fini. Tu nous laisses, Milos.

– Bah, j'ai rien d'autre à faire, j'ai qu'à plutôt vous aider ! m'a-t-il dit en sautant sur le lit derrière nous.

Une heure après, nous mettions Lily à la porte avant que la mère et le frère de Milos ne rentrent. On avait bien travaillé. Le cousin et moi, on lui avait appris une dizaine de mots et expressions qui lui seraient utiles à l'école.

– T'oublies pas de les apprendre par cœur, lui ai-je rappelé sur le paillasson.

– Oui, t'inquiète, m'a-t-elle répondu.

Puis elle s'est approchée et m'a embrassé sur la joue.

– Comme je n'ai plus le droit de dire merci, je le fais d'une autre manière, m'a-t-elle lancé en se dirigeant vers les escaliers.

J'ai approché ma main de l'endroit où elle avait posé ses lèvres, et, lorsque j'ai fini par lui dire au revoir, elle était déjà partie.

# 9

Les jours qui ont suivi, Lily a continué de se prêter au jeu et elle avait même l'air de s'amuser.

– C'est marrant de se mettre dans la peau des autres, elle répétait.

Elle était bonne élève, surtout à l'« Exercice du non ». J'avais remarqué que, quand on lui demandait quelque chose, elle disait tout le temps « oui », alors je lui avais appris à répondre l'inverse.

– Tu peux me passer ton équerre ?

– Non.

– Lily, tu peux venir au tableau pour corriger les tables de multiplication ?

– Non.

– Il fait beau aujourd'hui.

– Non.

– Tu as mis ton bonnet à l'envers.

– Non.

Je lui ai aussi appris à ne pas finir ses repas à la cantine et à dire tout haut qu'ils étaient dégoûtants, à émietter des chocos dans le bonnet de la maîtresse, à la surnommer Momie Galiote, à distraire les élèves qui essayaient de travailler, à se poster devant le portail et à se moquer de chaque enfant arrivant à l'école, et même à cracher sur les fenêtres des classes du rez-de-chaussée.

– Tu vois, c'est pas bien difficile d'être un peu méchant ! je lui disais pour l'encourager.

C'était vrai quand on y pensait, sortir une vanne gratuite n'était pas compliqué. Il n'y avait même pas besoin de réfléchir. Il suffisait de répéter ce que l'on entendait dans la rue, à la télé, à la radio, sur Facebook, à la maison… Les gens, les journalistes, les hommes politiques étaient toujours en train de s'envoyer des vacheries et parfois sans utiliser de gros mots. Au fond, c'était beaucoup plus facile d'être ignoble que d'être sympa. Papa appelait ça la loi du plus fort. Il disait pas vraiment qu'il fallait insulter les gens, car maman n'était jamais loin, mais je savais que c'était ce qu'il me conseillait de faire.

Sauf qu'au bout du troisième jour Lily en a eu marre. Je venais de lui proposer de participer à « Il parle comme il dégaine ».

– C'est gentil, mais j'ai pas envie.

– Pourquoi ? Ça marchait bien. T'as vu, maintenant t'es plus toute seule à la récré, et madame Galiote ne se crispe plus quand tu lèves la main.

– Oui, mais c'est pas moi. Je me force. Si j'ai fait ça, c'est seulement pour être… avec toi.

J'ai eu l'impression que mes joues prenaient feu. Je suis resté un moment silencieux. Puis, comme souvent lorsque je ne savais pas quoi dire, j'ai rétorqué de la même façon que je jouais à « Il parle comme il dégaine ».

– Oh, t'es chiante à la fin. Faudra pas que tu viennes te plaindre après !

C'était plus facile de dire ça que d'avouer que la fin de sa phrase m'avait fait plaisir.

– Toi non plus, faudra pas que tu viennes te plaindre quand tu comprendras que c'est toi qui te trompes, a-t-elle ajouté en me tournant le dos.

Quand je suis rentré à la maison, maman recevait ses copines du club de lecture. Officiellement, elles se réunissaient pour parler livres, mais en fait, c'était une couverture. Au final, elles discutaient de tout sauf des romans qu'elles lisaient. Parfois, elles m'appelaient pour me faire goûter les pâtisseries qu'elles avaient apportées, et je devais les écouter débiter les derniers potins de la ville. C'était tellement ennuyeux et exaspérant que même notre chat Gaston s'enfuyait dans le garage alors qu'il y avait plein de choses délicieuses à grignoter.

Pour leur échapper ce jour-là, je ne suis pas allé dans le garage, mais chez Milos. Après avoir consacré deux pages entières au footballeur (Grizou repéré lors d'un match en junior, Grizou se blessant à l'entraînement, Grizou disputé par son père car il ne voulait pas travailler à l'école, Grizou se décapant les cheveux pour la cinquième fois…), on avait décidé de réintégrer Toto dans le circuit. Mais alors que c'était mon tour de mettre en avant mon héros, je n'avais pas d'idée. Je n'avais pas digéré l'abandon de Lily, et j'ai pas pu m'empêcher d'en parler au cousin.

– Bah, elle a raison, laisse-la tranquille, à la fin. Tu vas pas la forcer à être comme vous si ça ne lui dit pas.

– Oui, mais son comportement me perturbe.

C'est ce que maman disait quand elle ne comprenait pas papa.

– En fait, tu voudrais qu'elle change pour que tu n'aies pas à choisir entre elle et les autres.

– Non… oui, enfin, je sais pas ! Mais elle doit bien voir qu'elle n'a pas des réactions très normales ! Ça me perturbe vraiment, ai-je répété.

– T'as qu'à le mettre dans notre roman.

– Que je suis perturbé ?

– Non, pas comme ça. L'autre jour, j'ai entendu Soprano à la radio. Il expliquait que ses chansons lui permettaient de parler des choses qu'il ne comprenait pas et qu'après ça allait mieux. On n'a qu'à inventer un nouveau personnage un peu chelou, un peu chiant, mais pas complètement crétin non plus. Tu verras bien comment Toto se débrouille avec lui.

# LES DEUX FANTASTIQUES

## Notes de travail

Le nouveau personnage

• <u>Comment?</u>
Faire un flash-back quatre mois plus tôt quand Toto rencontre une drôle de fille dans la forêt: une petite Martienne en combi orange et aux cheveux couleur d'automne. C'est ce jour-là qu'il décide de devenir astronaute afin de mieux comprendre le monde de l'extraterrestre.

• Nom de la petite Martienne: Pumpkin.

• Signe astrologique: panda.

• Ses qualités: sa gentillesse et son entêtement.

• Ses défauts: sa gentillesse et son entêtement.

• Signes particuliers: nombreux.

• Son objectif: rendre service.

• Sa relation avec Toto: compliquée.

• Sa relation avec Grizou: secondaire.

• Son rôle dans Les Deux Fantastiques prendra-t-il de l'importance au fil de l'histoire?
Les auteurs Augustin Trévenoy et Milos Rigola ne savent pas encore. Comme Soprano, ils se laisseront inspirer par la vie de tous les jours.

• Ce nouveau personnage sera-t-il porteur d'un message?
Non, les auteurs Augustin Trévenoy et Milos Rigola détestent les

messages. Ils n'écrivent et ne dessinent pas pour ça.

• <u>Alors pourquoi font-ils ça?</u>

Pour mettre un peu d'ordre dans leurs idées.

# *10*

À l'école, j'avais décidé de moins parler à Lily. Je préférais l'observer, comme Toto observait Pumpkin. «Avec perplexité.» J'avais trouvé le mot dans le dictionnaire: «État de doute, d'embarras, d'incertitude devant une situation complexe, un problème difficile.» C'était exactement ce que je ressentais quand je me trouvais devant Lily. Il y avait autre chose que je ressentais, mais je ne savais pas comment ça s'appelait. C'était comme une vague chaude qui allait et venait dans le ventre.

Lily, elle, était égale à elle-même. Polie, généreuse, gentille, toujours partante pour aider son voisin, sa voisine, un oiseau, un chien, un vieux. En un mot : exaspérante.

Puis, un jour, madame Galiote nous a demandé de faire un exposé.

– On va faire simple, a-t-elle dit. Chacun va travailler avec son voisin ou sa voisine.

J'ai senti les yeux souriants de Lily se poser sur moi, mais je n'ai pas tourné la tête. J'ai laissé mon regard fixé sur notre maîtresse qui remuait dans tous les sens à la recherche de quelque chose. Elle a fini par quitter la salle avant de revenir quinze minutes plus tard, un panier entre les mains.

– Je l'avais oublié sur le capot de ma voiture ! a-t-elle expliqué, les cheveux en bataille comme si elle venait de traverser un ouragan.

Elle s'est recoiffée, a redressé sa jupe et ses lunettes, puis a dit :

– Chaque groupe va piocher un petit papier dans ce panier. Le thème des exposés est écrit dessus.

Elle semblait toute contente de l'originalité de sa méthode d'attribution des sujets. Par galanterie, j'ai laissé Lily piocher.

– Alors ? lui a demandé madame Galiote comme si on était à *Questions pour un champion*.

Et Lily a lu :

– « Qu'est-ce qui est injuste ? »

J'ai oublié de préciser que les premiers sujets qui avaient été tirés au sort étaient assez bateau : « Le recyclage des déchets », « L'hygiène dentaire chez les primates » ou encore « L'éclairage au Moyen Âge ». J'ai soupçonné Lily d'avoir fait glisser cette question de la manche de son chemisier ou de l'avoir elle-même inventée.

– Merveilleux ! a fait madame Galiote tandis que je vérifiais le petit papier. C'est la première fois en vingt ans de carrière que des élèves piochent ce sujet.

Super.

– Va falloir qu'on se voie pendant les vacances, m'a dit Lily en rangeant nos affaires.

– Bah oui, ça serait mieux, je lui ai répondu

en haussant les épaules. T'as qu'à venir chez moi lundi.

Je sentais que j'avais parlé trop vite, mais je n'arrivais pas à savoir pourquoi. Nous n'avions pas prévu de partir à la mer, et à part le chapitre 6 des *Deux Fantastiques* à terminer et l'échelon 3 de Flight Simulator à gagner, mon emploi du temps était totalement vide.

– Parfait ! a-t-elle dit en mettant son cartable sur le dos. À lundi !

La nuit après le tirage au sort, j'ai fait plein de rêves avec Pumpkin. Et même un cauchemar, qui s'est terminé par un réveil encore plus terrifiant. Je rêvais que la petite Martienne avait séquestré Toto pour tester sa résistance à l'absence de gravichanceté (la force par laquelle tous les Terriens sont attirés), quand, soudain, je me suis rappelé pourquoi Lily ne pouvait pas venir chez moi lundi.

Parce que « chez moi », c'était chez Milos !

Je n'ai jamais pu me rendormir.

– Oh, Tintin, t'es tombé de ton lit, ma parole, m'a dit papa le lendemain matin quand je suis descendu dans la cuisine.

Je détestais quand il m'appelait comme ça. Et je détestais encore plus quand il me disait quelque chose que je savais déjà. J'ai pris le paquet de céréales, le lait, mon bol et ma cuillère, et je suis allé m'installer à la petite table devant la fenêtre.

– Oh là là, quel caractère ! a-t-il ajouté sans décoller le nez du *Nouvel Économiste*.

J'ai continué de manger mes Chocapic en les faisant bien craquer sous mes dents.

– Se lever du mauvais pied est le meilleur moyen de rater sa journée, Augustin. Crois-en ton père. La clé de la réussite, c'est de voir en chaque jour nouveau un combat supplémentaire à gagner !

J'ai rien répondu et j'ai fait semblant d'être profondément captivé par la composition énergétique de mes céréales.

– Les vacances commencent on ne peut mieux, a commenté maman.

Elle ne savait pas si bien dire.

# 11

Ce matin du premier jour de mes vacances, après m'être demandé ce que Toto ferait dans une telle situation, j'ai décidé d'appeler Lily. Je lui dirais que mon frère Milos avait prévu un concert à la maison lundi et que, si nous voulions travailler tranquillement, il vaudrait mieux que je vienne chez elle. Sauf qu'une fois dans le salon j'ai réalisé que je n'avais pas son numéro. Et, bien sûr, je ne l'ai pas trouvé dans le groupe WhatsApp créé par madame Galiote en début d'année.

– Tu as besoin de téléphoner à quelqu'un ? a voulu savoir papa à qui j'avais demandé le portable pour un travail d'école.

– Oui, à Lily.

– La nouvelle ?

– Oui.

– Tu sais, le numéro de ses parents n'est sans doute pas encore dans le groupe. Ils viennent de s'installer.

Il a ensuite repris son smartphone car il devait passer un appel très important. Je suis resté un peu. Je voulais savoir quelle était la personne à qui il devait téléphoner de toute urgence.

– Allô, Jean-Yves ! Devine quelle banque de la région enregistre le meilleur résultat cette année ?... Eh oui, c'est la mienne !... Je ne te le fais pas dire... Qu'est-ce tu veux, c'est la loi du plus fort. Et je pense que je suis bien parti pour être le banquier ayant apporté à la boîte le plus de gros clients. Hé hé ! Tu vois, commencer à 7 h 30 et finir à 19 h 30 peut rapporter gros...

J'ai laissé mon père raconter ses exploits à son meilleur ami et je suis allé voir maman.

– Ça n'a pas l'air d'aller, mon chaton, m'a-t-elle dit en refermant son livre.

J'ai haussé les épaules.

– Tu veux m'en parler ?

J'ai secoué la tête pour dire non.

– Ce sont les vacances, profites-en, amuse-toi ! Le bonheur ne se trouve pas dans les pensées, mais dans la détente et la sérénité.

Je suis vite parti de la cuisine, car, quand ma mère commençait à parler en citations, elle ne pouvait plus s'arrêter. Elle avait tout un stock de petites phrases censées aider les gens. Elle les appelait les « pensées merveilleuses », papa et moi les appelions les « pensées désastreuses ». Maman les recopiait de ses bouquins de « développement personnel », des livres qui posent une question sur la couverture. Par exemple, « Comment arrêter de penser ? », « Suis-je hypersensible ? », « Et si on s'en foutait ? », « Comment faire pour être heureux ? »... Maman disait qu'ils l'aidaient beaucoup, qu'elle se « développait » grâce à eux, et que je devrais en lire quelques-uns. J'avais du mal à la croire. Je ne comprenais pas comment des bouquins qui vous posaient ce genre de questions pouvaient faire du bien. C'était hyper stressant.

Je suis donc retourné dans ma chambre et j'ai ouvert le tiroir de mon bureau. Juste au moment où je sortais le manuscrit des *Deux Fantastiques*, j'ai vu la visière rouge de la casquette du cousin apparaître à ma fenêtre. À croire que le bruit des charnières de mon tiroir avait le pouvoir de le faire rappliquer aussitôt. Je suis allé lui ouvrir.

– Ouf, j'ai réussi à m'échapper à temps ! a commencé Milos, tout essoufflé.

Il s'est jeté sur mon lit Bob l'éponge.

– C'était quoi, cette fois-ci ? Une séance de yoga avec ta mère ?

– Non, je crois qu'elle a compris que j'étais encore plus énervé après.

– Une visite de musée ?

– Non plus ! Par chance, ils sont fermés. Merci à toi, Dieu tout-puissant des pandémies ! a-t-il ajouté en faisant un signe de croix.

– Bon, dis-moi, parce que là je sèche.

À chaque période de vacances scolaires, les parents de Milos et de Tibor programmaient pour leurs enfants des activités pédagogiques à faire en famille. Ils souhaitaient ainsi « ressouder leurs liens », sauf que ça faisait l'effet inverse chez Milos, qui s'enfuyait à la première occasion.

– Atelier zéro déchet.

– Oh, l'horreur, je l'ai fait cet été !

Sans se parler, mes parents et ceux de mes cousins avaient un peu les mêmes défauts. Ce n'était pas pour rien qu'on était de la même famille. On partageait tout. Les bons côtés comme les mauvais. Surtout les mauvais, en fait. L'atelier zéro déchet, je m'en souvenais très bien. C'était tellement ennuyeux que j'avais failli virer anti-écolo, alors que depuis tout petit c'était moi le premier qui expliquais à mon père et à ma mère comment bien trier les déchets.

– T'as prétexté quoi pour ne pas y aller? ai-je demandé à Milos, parce que, moi, j'avais rien pu faire.

– Une gastro.

J'ai repensé aux commentaires de Lily sur ses tartines.

– Pourquoi tu te marres? m'a questionné Milos.

– Non, pour rien, pardon, c'est nerveux. J'ai des problèmes en ce moment, et je contrôle plus trop mes émotions.

– Des problèmes?

– Un seul, en fait, un très gros, mais j'ai pas envie d'en parler.

– OK, on est chez toi, c'est toi qui décides!

On a repris *Les Deux Fantastiques* là où on les avait laissés et ça m'a fait oublier le pétrin dans lequel je m'étais fourré. Au fond, maman avait raison. Le bonheur se trouvait dans la détente.

# LES DEUX FANTASTIQUES

## Ébauche de scène

Toto et Pumpkin sont perchés sur la butte du parc des Inattendus. Ils regardent les étoiles.

Toto: Le ciel est ~~grave~~ très beau ce soir.
Pumpkin: ~~Ouais~~. Oui.
Toto: Est-ce qu'on peut ~~prendre~~ toucher les étoiles quand on passe la frontière entre la Terre et l'espace?
Pumpkin: ~~J'ai pas~~ Je n'ai pas pensé à vérifier en arrivant. Je devais réparer une fuite dans les ~~chiott~~ toilettes de la ~~fusée~~ navette.
Toto: ~~Oh~~. Ah.

Pumpkin: C'est important de savoir bricoler si tu veux voyager dans l'espace.
Toto: Je vais me préparer avec ~~Milos~~ le cousin.
Pumpkin: Antoine?
Toto: Il préfère qu'on l'appelle Grizou.
Pumpkin: Moi, je peux t'apprendre, si tu veux.
Toto: À bricoler?
Pumpkin: ~~Ouais~~ Oui, et à faire d'autres choses. Par exemple, je pourrais t'apprendre à devenir un peu plus ~~gent~~ martien.
Toto: ...
Pumpkin: Ça te fait peur?
Toto: D'aller sur Mars?
Pumpkin: Non, de changer?
Toto: Un peu, mais si c'est le seul moyen d'être avec toi.

## Messages de travail entre Augustin Trévenoy et Milos Rigola, auteurs des *Deux Fantastiques*

**Augustin Trévenoy :** Il faut qu'on ajoute un sous-titre sur la couverture de notre livre.
**Milos Rigola :** Ah bon, lequel ?
**Augustin Trévenoy :** « La vie telle qu'elle pourrait être ».

# 12

Je n'avais pas vu la journée passer. Quand Milos est redescendu et que je suis ressorti de ma chambre, c'était l'heure du dîner. Maman avait fait une soupe de potimarron.

– Mais je croyais que tu détestais ce légume ? s'est étonné papa.

– Avec le temps, on change, on apprend à apprécier les bonnes choses, lui a-t-elle répondu.

– À propos de bonnes choses, a poursuivi mon père, Tintin, tu sais quel nouveau film j'ai trouvé ?

Je l'ai regardé d'un air méfiant. Mes parents essayaient de me convertir au cinéma d'art et d'essai en louant une fois par semaine un film culte sur la plate-forme CinéDivers, qui aurait mieux fait de s'appeler CinéSomnifère. Je n'avais pas encore osé leur dire que je n'en pouvais plus des génériques qui durent, au minimum, trente minutes, des noir et blanc qui font mal aux yeux, des longs plans où il ne se passe rien et des dialogues à vous donner la migraine tellement vous n'y comprenez que dalle.

– Euh, je pense que je vais monter, ai-je dit à mes parents.

– T'es malade ? s'est inquiétée ma mère.

– Non, mais je suis fatigué.

– Il est fatigué ! a répété papa en débarrassant. À 10 ans !

– Dommage, a repris maman. Ton père a trouvé *Santi-Vina*, le premier film thaïlandais tourné en 35 millimètres.

– Ah, zut alors, ai-je fait en exagérant ma déception. Vous me raconterez !

Et j'ai filé vers l'escalier. Je voulais rejoindre Pumpkin, continuer à griffonner dans mon cahier. Peut-être que comme ça le problème qui me prenait la tête depuis le début de la journée finirait par disparaître.

J'avais les deux jambes adossées contre le mur, la tête dirigée vers la fenêtre et les étoiles, quand deux petits cailloux sont venus cogner contre les carreaux. Je suis allé ouvrir et j'ai aidé Milos à entrer dans ma chambre.

– Déjà ? L'atelier zéro déchet n'est pas fini ? lui ai-je demandé.

– Si, mais c'est gratin de chou-fleur.

– Ah ouais, ai-je compati en grimaçant. Et tes parents t'ont laissé repartir comme ça ?

– Bah ouais, une gastro, ça s'en va pas aussi vite.

Dès qu'il disait gastro, je pensais à Lily.

– Alors, ça va mieux ? a fait le cousin en se jetant sur mon lit pour la deuxième fois de la journée.

– Non, pas vraiment. J'ai un problème, lui ai-je dit.

– Ça, je sais ! m'a répondu Milos en s'asseyant

en tailleur. Mais c'est quoi, ce problème, à la fin ?

Je lui ai parlé de l'exposé, de Lily et de notre rendez-vous de lundi.

– Ah, ça tombe mal, mon père est en vacances, sinon on aurait pu faire comme l'autre fois.

J'ai soupiré.

– Et ma mère et Tibor seront là aussi, a ajouté le cousin.

J'ai re-soupiré.

– T'as pas trop le choix, a-t-il continué.

J'ai re-re-soupiré.

– Il faut que tu expliques…

– Pas la peine de me le dire, l'ai-je coupé. Je sais ce que je dois faire. Tout avouer à Lily, qui me prendra pour ce que je suis : un p'tit con doublé d'un menteur et d'un fils de bourges.

– Non, il faut que tu expliques à mes parents que t'as besoin de les emprunter pour un exposé. Je suis sûr qu'ils accepteront. Ça leur fera plaisir de t'aider.

Je suis resté silencieux. Ça leur ferait surtout plaisir de se dire qu'ils jouaient un mauvais tour à mon père, avec la complicité du propre fils de ce dernier.

– C'est risqué, non ?

– Pour le savoir, il n'y a qu'un seul moyen, m'a répondu Milos.

– Un pour ou contre ?

– Ouais !

Le cousin et moi, quand on hésitait à faire quelque chose, on listait les avantages et les inconvénients. C'était automatique, pratique, mathématique, et totalement démocratique.

Par exemple, pour ou contre roter en cours de musique, pour ou contre le beurre avec le Nutella, pour ou contre la mayo avec le fromage, pour ou contre faire pipi dans la piscine, pour ou contre Griezmann avec un serre-tête… Énumérer et comptabiliser suffisaient à nous mettre d'accord. J'ai pris le cahier des *Deux Fantastiques*, je l'ai retourné et j'ai écrit sur la dernière page :

«Pour ou contre demander aux parents de Milos et de Tibor de jouer mes parents»

Et voilà ce que ça a donné :

| | CONTRE | POUR |
|---|---|---|
| 1 | Ils peuvent refuser et aller tout raconter à mes parents. | Comme ils sont fâchés, tu pourras dire à tes parents que c'était un piège de mes darons pour te monter contre eux. |
| 2 | Si Lily découvre que je lui ai menti, je risque gros. J'ai quand même besoin d'elle pour l'exposé. | C'est pour l'école, ce n'est donc pas un mensonge, mais un outil de travail. |

| | CONTRE | POUR |
|---|---|---|
| 3 | Tes parents ne seront peut-être pas convaincants. | Mes darons ont déjà réussi à convaincre le maître de Tibor que quand il fouillait dans les cartables pendant la récré c'était pour les ranger. |
| 4 | Justement, ton petit frère espion? Il risque d'aller tout cafter. | Si Tibor menace de nous dénoncer, on utilisera le Bloclang. |
| 5 | Le Bloclang est un sortilège utilisé par Harry Potter. On n'est pas des sorciers. | Pas besoin de baguette magique. De la Superglue-3 sur sa tartine de Nutella sera tout aussi efficace. |
| 6 | Et si Lily demande à revenir chez moi chez toi? On va plus s'en sortir! | On n'est pas rendus, pense à ce que dit Soprano. Il faut vivre l'instant présent. |

| | CONTRE | POUR |
|---|---|---|
| 7 | | Bon, ça commence à faire long. T'as une meilleure solution ? |
| 8 | Non. | |
| 9 | | Alors ? |
| 10 | Alors on tente le coup ! | |

# *13*

Nous étions lundi, il était 14 heures et nous attendions Lily dans le salon. Mon faux père et ma fausse mère installés à chaque extrémité du canapé, moi et Milos assis au milieu, et Tibor faisant le guet à la fenêtre.

– Ça sonne ! a commenté mon oncle Xavier alors qu'il n'y avait aucun doute sur le son que nous entendions.

Sa femme Radojka et lui avaient accepté de jouer mes parents, mais stressaient autant que moi l'année dernière, lorsque j'avais dû interpréter un hérisson amoureux d'une belette pour le spectacle de fin d'année.

– Augustin, mon fils, m'a dit Radojka pour s'entraîner. Tu veux bien aller ouvrir ?

– Attends ! m'a arrêté son mari tandis que je me levais. Pour que ça fasse plus vraisemblable, enfile donc ça…

Il m'a entendu une paire de charentaises à carreaux rouges et noirs.

– Mais c'est mes chaussons ! s'est écrié Milos.

– C'était. Ils sont trop petits pour toi depuis au moins six mois, et il suffit d'un accessoire pour faire toute la différence, a ajouté oncle Xavier, comme si j'allais à un rendez-vous amoureux.

Je les ai mis sans respirer pour ne pas sentir l'odeur des pieds de mon cousin, puis je me suis dirigé vers la porte. Sur le chemin, j'ai croisé mon reflet dans le miroir du couloir. J'étais définitivement ridicule, mais je me suis dit que Lily, à cause de sa gentillesse, y verrait sûrement quelque chose de positif.

On s'était installés dans le salon, car le bureau dans « ma » chambre n'était pas très grand. L'appartement étant lui aussi assez petit, toute la famille était réunie dans la même pièce. Xavier lisait *L'Équipe*, Radojka tricotait, Milos dessinait, et Tibor nous épiait en faisant mine de lire *La Confession d'un enfant du siècle*. Il l'avait pris dans la bibliothèque des « lectures indispensables » que mon oncle et ma tante constituaient pour leurs enfants quand ils seraient grands. Sur la couverture, on voyait un homme aux yeux exorbités qui m'a fait penser à madame Galiote quand elle n'arrivait pas à calmer la classe et était sur le point de piquer une crise. Je comprenais mieux pourquoi Milos détestait les romans. Des couvertures aussi flippantes, c'était à vous dégoûter de la lecture.

Cela faisait une heure que Lily et moi fixions l'énoncé de l'exposé sans avoir d'idées.

– Franchement, tu aurais pu piocher un autre sujet, n'ai-je pu m'empêcher de lui dire.

– C'est le destin qui a choisi pour nous, m'a-t-elle répondu.

Milos a gloussé.

– C'est comme dans les films d'amour, est intervenue Radojka. C'est jamais prévu comme ça au départ, ça semble compliqué entre les deux personnages, et puis, d'un seul coup, paf! le destin parle et ils se retrouvent dans le même lit à faire des galipettes.

Milos et Tibor ont pouffé. Moi, j'ai piqué un fard et Xavier a toussé d'un air gêné.

– Il faut qu'on trouve des exemples concrets de justice et d'injustice, a poursuivi Lily. Tu vois ?

J'ai hoché la tête, même si je ne voyais rien du tout.

– Oui, c'est ça, a-t-elle poursuivi, des actes de gentillesse et de méchanceté, ou même des conversations, des paroles, comme à la télé ou sur les réseaux sociaux, où les gens se balancent, gratuitement et injustement, des méchancetés à longueur de journée.

– À qui le dis-tu ! a fait mon oncle en secouant la tête.

– C'est vrai, tu as raison, ai-je dit à Lily pour lui faire plaisir.

Elle a tourné la tête, puis elle a arrêté son regard sur le père de Milos.

– Monsieur Trévenoy, excusez-moi de vous déranger, on pourrait vous emprunter votre ordinateur ? lui a-t-elle demandé en lui montrant celui qui était installé à côté de la télé.

– Oui, bien sûr. Je dois envoyer deux-trois messages, mais ne vous en faites pas, je vais utiliser mon téléphone. Par contre, cette machine date un peu, a-t-il ajouté en tapotant le capot de l'écran, qui ressemblait à la télé de grand-mère, mais le monde n'a pas beaucoup évolué non plus !

Oncle Xavier s'est éloigné et on s'est installés pour commencer nos recherches. On est d'abord allés sur des sites de grands journaux. On était en train de lire un article sur Doris, une femelle reptile qui a changé de sexe après la mort de son compagnon, quand un éclair blanc sur un fond rose et une fenêtre ont surgi à l'écran. J'ai reconnu l'appli Messenger de Facebook.

**Terminator44 :** Xavier, je peux savoir pourquoi t'as partagé cet article en me taguant ?

J'ai souri. L'après-midi allait enfin devenir amusante.

**Zorro1980 :** me suis dit que ça pouvait t'intéresser !
**Terminator44 :** tiens, et pourquoi celui-là et pas un article sur la contamination du maire au Covid ou sur les prévisions météo pour les vacances ?

J'ai gloussé, et Lily m'a regardé d'un air à la fois embarrassé et intrigué.

**Zorro1980 :** parce que je me suis dit que ce genre d'articles, Arthur, tu les avais déjà vus, alors que…

Là, j'ai arrêté de sourire.

**Terminator44 :** … celui sur la générosité en baisse des Français pourrait sûrement m'intéresser ? Et t'étais obligé d'ajouter en commentaire : « Tu vois, tu n'es pas le seul ! » ? Espèce de connard !

– Oh, oh, a fait Lily, je ne sais pas qui est ce Terminator44, mais il ne semble pas très sympa…

J'ai dégluti.

**Zorro1980 :** oh ça va ! J'aurais pu faire bien pire, tu sais ! Je pourrais vraiment m'énerver… mais, si je le fais pas, c'est seulement pour Clotilde. Je me demande vraiment ce que ma sœur fait avec un type comme toi, un abruti de banquier qui ne pense qu'à…

**Terminator44 :** espèce de fumier, tu t'es vu un

peu ? Tu te crois parfait alors que t'es qu'une merde doublée d'un...

– Bon, ça suffit, ai-je presque crié. On n'a pas à lire ça, c'est privé.

J'ai pris la souris des mains de Lily et fermé la fenêtre de Messenger.

Arthur, Clotilde, abruti de banquier… pas de doute possible, Xavier était en train de discuter avec mon père.

# 14

Après ça, j'étais beaucoup moins concentré. Et je crois que ça s'est vu.

– Bon, si on prenait un goûter ! a proposé Radojka au bon moment.

– Déjà ? a fait Lily, qui était en train de taper quelque chose dans la barre de recherche de Google.

– Oui, un tel exposé demande de l'énergie. Qui vient m'aider ?

Milos s'est aussitôt levé et m'a tiré par la manche, car j'étais sans réaction depuis le surgissement de l'éclair blanc. Les mots que s'étaient échangés mon père et oncle Xavier s'étaient coincés dans ma gorge, et je n'arrivais pas du tout à les digérer. Je me suis laissé emmener dans la cuisine.

– Qu'est-ce t'as ? m'a chuchoté le cousin pendant que sa mère ouvrait la porte du four. T'es tout pâle… On dirait Dracula dans *Hotel Transylvania*.

– Mais non, tout va bien, pourquoi tu me dis ça ? lui ai-je répondu sur la défensive, comme souvent dès que ça n'allait pas.

Puis je l'ai entraîné dans le couloir et je lui ai raconté l'échange, car je sentais que, si je le gardais pour moi, j'allais exploser.

– J'ai fait un bundevara ! a-t-on entendu de la cuisine alors que je venais de parler à Milos de Terminator44 et de Zorro1980.

On est revenus dans la cuisine, où Radojka brandissait fièrement un gros gâteau jaune et blanc.

– J'espère que Lily aimera, a-t-elle repris.

Elle s'est approchée de moi.

– Ça va, Augustin ? T'es aussi blanc qu'un cachet d'aspirine.

– Il a vu des messages entre papa et son père, a répondu Milos.

– Ah ? a fait Radojka, un peu déçue. Mais ce n'est rien, ça ! Et puis, ce n'est pas la première fois.

– Parfois, c'est même bien pire, a continué Milos.

– Oh oui ! a poursuivi sa mère d'un ton presque enjoué. Quand Xavier se met à écrire tout en capitales, et que ton père répond en mettant plein de points d'exclamation et de smileys rouges, c'est très impressionnant.

– Mais pourquoi ils se détestent autant ? les ai-je questionnés.

– Parce que t'es pas au courant ? m'a demandé mon cousin.

J'ai fait non de la tête.

– Je sais juste qu'ils sont fâchés, mais je ne connais pas la raison.

– C'est pas à nous de te raconter. C'est leurs affaires, après tout, m'a dit Milos.

J'ai soupiré.

– Tu demanderas à tes parents de t'expliquer. Ça vous fera un bon sujet de conversation pour le dîner ! a complété Radojka d'une voix un peu trop joviale.

J'ai pris les assiettes qu'elle me tendait.

– Mais tu sais, ça arrive dans plein de familles que des personnes ne s'entendent pas, a-t-elle ajouté d'un ton plus posé. On ne choisit pas sa famille, comme on dit !

Elle me souriait.

– Mais bon, c'est vrai que ton père exagère un peu… c'est quand même lui qui a commencé…

– C'est facile de me dire ça sans que je sache ce qui s'est passé, ai-je bougonné. Et puis, si ça se trouve, vous ne savez pas tout !

Je suis retourné dans le salon. J'en avais marre qu'on mette les gens dans des cases. D'un côté, les gentils, et de l'autre, les méchants. Comme si la vie était une bande dessinée Marvel. J'étais sûr que Lily, elle aussi, ne se comportait pas toujours bien. C'était pas possible d'être bon et gentil du matin au soir !

–Vous m'en direz des nouvelles ! a fait Radojka en posant le gâteau sur la table.

Elle a commencé à nous couper des parts.

– Oh zut, j'ai oublié les petites cuillères !

– Bougez pas, madame Trévenoy, je vais les chercher ! a fait Lily en se levant.

– Mais arrête ! ai-je crié.

Tout le monde a sursauté.

– Qu'est-ce qui t'arrive ? m'a demandé Lily.

– Arrête d'être tout le temps gentille. C'est… c'est insupportable, à la fin.

– Et si ça me fait plaisir d'être gentille, et si ça me plaît d'aider ?

– Eh bah, retiens-toi ! je lui ai répondu en me levant. Redescends un peu sur terre ! Tu vois bien que personne ne fonctionne comme ça.

Et j'ai montré l'ordinateur.

– Justement, moi, je ne veux pas fonctionner comme ça, m'a-t-elle répondu. Je ne veux pas faire comme ceux qui se parlent mal pour un oui ou pour un non, ou parce qu'ils ne sont pas d'accord sur un sujet, ou parce qu'ils n'ont pas choisi la même vie, le même métier !

On a continué de manger sans rien dire. Le bundevara de Radojka me semblait beaucoup plus pâteux que d'habitude. Quand tout le monde a eu fini sa tranche, ma tante, Milos et Tibor nous ont laissés travailler. J'ai essayé de reparler de l'exposé pour ne plus penser à la conversation entre Xavier et mon père.

– J'ai trouvé ! s'est soudain exclamée Lily alors que je venais de lui proposer une intro avec des citations d'injustice de Wikipédia. On pourrait faire ça sous forme de portraits ? a-t-elle continué.

Et elle s'est réinstallée à l'ordinateur.

– C'est la conversation entre ton père et ce gars, le banquier, qui vient de me donner l'idée.

J'ai senti mes jambes flageoler. J'ai voulu

m'asseoir, mais je me suis rendu compte que j'étais déjà assis.

– En première partie, on va présenter une personne qui consacre sa vie à aider des gens dans le besoin, un homme ou une femme dont le but est de faire des actions bonnes et justes pour les autres.

Elle me regardait, les yeux brillants.

– Et en deuxième partie ? lui ai-je demandé d'une petite voix.

– En deuxième partie, on va parler de quelqu'un de très différent, qui ne voit pas du tout la vie de la même façon, dont l'objectif est avant tout de s'enrichir, même si c'est parfois injuste. Tu vois ce que je veux dire ?

Je voyais très bien, malheureusement, mais elle avait l'air d'en douter, alors elle a continué.

– Par exemple, un homme d'affaires ou un banquier !

# LES DEUX FANTASTIQUES

## Ébauche de scène

Toto est installé à son bureau, face à la fenêtre, la tête fourrée entre ses bras. Quand soudain un courant d'air vient soulever ses cheveux. La fenêtre s'ouvre et Pumpkin entre dans la chambre.

<u>Pumpkin:</u> Dis, tu peux arrêter de pleurnicher!
<u>Toto:</u> Facile à dire... je voudrais bien t'y voir.
<u>Pumpkin:</u> Ah, mais ~~ne t'inquiè~~ t'inquiète, nous aussi ça nous arrive d'avoir des désaccords dans la famille.

Toto: ~~Genre~~ Par exemple, ~~un daron~~ un père qui est...

Pumpkin: ... pas comme tu le voudrais?

Toto hoche la tête.

Pumpkin: Tout le temps. Mais c'est comme ça. Les êtres, qu'ils soient humains ou martiens, sont faits du meilleur et du pire.

Toto: Surtout du pire.

Pumpkin: Sans le pire, il n'y a pas de meilleur.

Toto: J'aimerais bien le voir, ce meilleur...

Pumpkin: Le mieux serait que tu parles à ton père.

Toto: ~~Ouais~~ Oui, mais si j'apprends qu'il est vraiment quelqu'un de pas bien, quelqu'un de... mauvais, d'injuste, qui ne pense qu'à lui?

Pumpkin: ~~Bah~~ Alors tu seras déçu, mais tu l'accepteras. T'as pas trop le choix, t'as qu'un seul père.

**Message du coauteur Milos Rigola :**
Eh, faudrait peut-être penser à mettre Grizou dans la scène ? Je te rappelle que le roman s'appelle *Les DEUX Fantastiques*. En plus, ton texte colle pas avec le dessin que j'ai fait. Dessus, on voit Grizou assister à un match de l'Olympique lyonnais avec son père. Y a pas du tout Pumpkin dedans !

**Note du coauteur Augustin Trévenoy :** Après « T'as qu'un seul père », ajouter une petite scène où Grizou arrive et raconte le match OL-PSG (deux-trois phrases pas plus).

# 15

Le soir de ce jour inoubliable, j'ai donc décidé d'aller voir le seul père que j'avais. Mais, en l'attendant devant la banque, je regrettais déjà d'avoir suivi le conseil de mon personnage. Qu'est-ce qu'une extraterrestre pouvait bien comprendre aux relations entre les Terriens ?

– Surprise ! ai-je lancé à papa quand il est sorti des portes battantes du building rouge et blanc.

J'avais dit « surprise » comme j'aurais dit : « Je sors les poubelles. » Un peu forcé et sans entrain.

– Oh, c'est toi, m'a répondu mon père, qui était accompagné de son patron, monsieur Barnum.

Il avait dit « Oh, c'est toi », comme il aurait

dit : « Zut, le sac-poubelle est percé. » Étonné et un peu embêté.

– Qu'est-ce que tu fais là ? a-t-il repris d'un ton inquiet.

– Je viens de te le dire, je voulais te faire une surprise, qu'on aille boire un coca comme avant, quand maman et moi on venait t'attendre après l'école.

– Bon, Arthur, on se voit demain, est intervenu le directeur de la banque. Vous n'oubliez pas de faire ce que je vous ai demandé ?

Le grand nez et le visage écarlate du chef de papa m'ont fait penser à De Mesmaeker, l'un des personnages de Gaston Lagaffe. Oncle Xavier avait tous les tomes. Quand je venais voir Milos, j'en empruntais souvent un ou deux. Les gaffes de l'employé le plus maladroit de la terre me faisaient mourir de rire. Ça me changeait des ouvrages documentaires chiants que maman essayait de me faire lire.

– Oui, comptez sur moi, lui a répondu papa. À demain, monsieur le directeur.

Son patron lui a souri d'un air crispé, puis il s'est dirigé vers sa voiture. C'était la première fois que je voyais mon père comme ça. Il ressemblait à Josselin quand, un jour, interrogé par madame Galiote, il s'était aperçu qu'il n'avait pas appris sa leçon. Puis mon père a passé la main dans ses cheveux et on est allés au Grand Café, place de la Mairie. Lorsque j'étais petit, maman m'y emmenait souvent après l'école. On s'installait au fond de la petite salle et on attendait que papa ait fini son travail en lisant des albums de la bibliothèque. Le Grand Café faisait deux fois la taille de ma chambre, comptait quatre tables et douze chaises et était décoré de posters de chanteurs morts. Pourtant, ce jour-là, je me suis rendu compte que cet endroit m'avait manqué. C'était peut-être à cause du décalage entre son nom en lettres brillantes et la réalité de son intérieur. Je me disais qu'on était tous un peu comme ça.

– Alors, qu'as-tu fait de beau aujourd'hui ?

m'a demandé papa, qui avait repris sa tête de conquérant.

– J'ai travaillé avec Lily sur notre exposé.

– Chez elle ?

J'ai hoché la tête et plongé le nez dans mon verre de soda.

– Tu savais que ta mère et moi on s'était connus grâce à un exposé en philo ?

J'ai relevé les yeux. Ça m'intéressait, mais ça m'angoissait aussi. Je me suis brusquement vu trente ans plus tard dans la petite maison colorée de Lily. Elle et moi à table, tandis que des enfants chevelus, rouquins et exaspérants tellement ils étaient gentils joueraient dans le salon aux murs décorés de messages d'amour et de bienveillance.

– On était en terminale, a continué papa. Tous les groupes de travail étaient déjà formés, alors on s'était mis ensemble, même si on ne s'était encore jamais vraiment parlé. Et tu sais quel était le sujet de notre exposé ?

– L'amour ? ai-je lancé à tout hasard.

– Non ! La cruauté ! Les soirées de discussion qu'on a pu avoir ! C'est ce sujet qui nous a permis de vraiment nous connaître. Je crois que chacun a découvert que l'autre n'était pas ce qu'il laissait paraître. La prof nous a mis 18 et cette bonne note nous a suivis toute la vie.

Savoir que la note de son exposé avait déterminé celle de toute son existence m'a encore plus stressé.

– Enfin… je divague. De quoi parlait-on ? Ah oui, de ton amie. Elle s'adapte bien à sa nouvelle classe ?

J'ai bredouillé quelques mots que j'ai moi-même eu du mal à comprendre et j'ai continué de tordre ma paille qui ressemblait désormais à tout sauf à une paille.

– Tu sais, tu pourrais l'inviter à la maison. C'est assez grand chez nous.

Comme je ne pouvais plus rien faire avec ma paille, j'ai bien été obligé de relever la tête.

– Mais je comprends que tu ne veuilles pas me parler de ton amie, j'étais pareil à ton âge… Revenons plutôt à votre exposé, c'est quoi, votre sujet ?

– L'injustice.

– Ah, c'est intéressant ! Il y a beaucoup de choses à dire là-dessus, plein d'exemples à prendre dans la vie de tous les jours.

– On voudrait faire ça sous forme de portraits. Parler de gens qui se battent pour qu'il y ait moins d'injustices, et d'autres qui…

– Les provoquent ?

– Oui, voilà… Justement, je me demandais si toi, dans ta vie, au travail, quand tu vas jouer au ping-pong avec le voisin, ou même quand tu étais jeune, tu avais été témoin d'injustices ?

Mon père a relevé ses lunettes sur sa tête. Ses yeux brillaient.

– Oh oui, et pas seulement témoin…

J'ai failli m'étouffer alors que je n'avais rien avalé. Mon père allait me dire de façon tout à fait naturelle qu'être le plus injuste possible avait toujours été le but de sa vie.

– Au collège, tu sais comment on me surnommait ? a-t-il repris.

– « Le roi Arthur », comme t'appelle maman ?

– Ah non, pas vraiment. Ils m'avaient baptisé « Médor », parce que selon eux j'étais trop gentil, que je ne disais jamais non.

À son tour, il avait pris la paille de son verre et la tordait entre ses doigts.

– Mais comment peut-on être trop gentil, tu le sais, toi ? a-t-il continué. Sauf qu'à l'époque j'ai cru que c'était moi le problème, que je n'étais pas normal… alors je me suis endurci, je me suis forcé à être comme eux. Je n'avais pas le choix, c'était ça ou être le bouc émissaire des élèves de ma classe.

Il a reposé sa paille sur la table et s'est frotté les mains sur son pantalon.

– Mais c'est de l'histoire ancienne, maintenant ! Une injustice de jeunesse que j'avais oubliée avant que tu me poses la question.

– Et maintenant ? Est-ce que parfois tu trouves des choses ou des gens injustes ?

– Je suis le plus heureux des maris et des papas, alors, ma foi, je trouve qu'aujourd'hui la vie est plutôt juste avec moi.

– Mais il n'y a pas des jours où tu te dis que certaines personnes ou certains collègues ne sont pas justes avec toi ou, si c'est pas avec toi, avec des clients peut-être ?

Papa a repris sa paille, puis il m'a demandé :

– Et si c'était le cas, crois-tu que je pourrais y changer quelque chose ?

Ce que je voulais surtout savoir, c'est s'il ne pensait pas que lui, parfois, il se comportait de façon injuste, je voulais lui parler de Xavier, de Terminator44 et de Zorro1980, mais sa voix enrouée et ses yeux humides m'avaient mis mal à l'aise. C'était comme s'il doutait de ce qu'il venait de dire.

# LES DEUX FANTASTIQUES

## Ébauche de scène

Toto et son père sont installés au bord du lac Marvel. Mains agrippées à leur canne à pêche, ils surveillent la surface de l'eau.

Toto: Papa, t'as toujours voulu faire prof de maths?
Monsieur Pesquet: Ah non! Quand j'étais en 6e, je voulais devenir superhéros comme dans *Les Quatre Fantastiques*, une BD que je lisais gamin. Tu connais?
Toto: Bien sûr! Elle est ~~grave~~ trop bien!

Monsieur Pesquet: Eh bien, moi, je voulais être Mr Fantastique.
Toto: Et pourquoi ~~tu l'es ne l'es-tu~~ tu ne l'es pas devenu?
Monsieur Pesquet: Tu vois ce grand chêne, de l'autre côté du lac?
Toto: Oui.

Monsieur Pesquet se met debout, il lève ses deux bras qui brusquement s'étendent jusqu'à atteindre le tronc de l'arbre.

Toto: Waouh!
Monsieur Pesquet: Tu vois, fiston, on oublie trop souvent que les ~~dar~~ pères ne sont pas que des pères. La vérité, c'est que dès qu'ils sortent de chez eux ou ~~de la banque~~ du lycée où ils travaillent ils se transforment en superhéros.

## Messages de travail entre Augustin Trévenoy et Milos Rigola, auteurs des *Deux Fantastiques*

**Milos Rigola :** Ouais, c'est pas mal comme scène, mais c'était pas prévu comme ça dans le synopsis. Tu trouves pas que c'est un peu hors sujet ?

**Augustin Trévenoy :** Pas du tout ! Ça permet de mieux connaître les personnages et de comprendre pourquoi ils vont devenir ce qu'ils vont devenir.

**Milos Rigola :** Et le père de Grizou, lui aussi, ce serait un superhéros quand il fait pas agent d'entretien ?

**Augustin Trévenoy :** Bah oui ! Tout est possible, c'est nous qui décidons de ce que sont vraiment nos personnages.

# *16*

– C’était bien, cette petite conversation entre hommes, m’a dit papa en arrivant à la maison. Il faudra qu’on recommence, et pas seulement quand tu veux me faire une surprise.

Il a éteint le moteur et attendu. J’avais l’impression qu’il ne voulait pas sortir de la voiture ou qu’il avait envie de me dire quelque chose, mais ne savait pas comment faire. On a quand même fini par rentrer à la maison. Sitôt franchi le seuil de la porte, mon père est redevenu celui qui parle fort, rit, se moque et voit la vie comme un combat de boxe. Il mettait le couvert tout en décrivant à ma mère les nouveaux objectifs que monsieur Barnum lui avait demandé d'atteindre, quand la sonnette de l'entrée a retenti. Maman m'a fait un petit signe pour que j'aille ouvrir.

– Ton père est là ? m'a demandé l'homme à la porte, sans même me saluer ni s'excuser pour l'heure tardive.

– Euh, bonjour.

J'ai hésité à ajouter « d'abord », comme le faisait la boulangère quand je demandais un beignet à la fraise sans la saluer. Mais, à la mine déconfite du visiteur, je me suis dit que ce n'était pas le moment d'en rajouter. Je suis retourné dans la cuisine.

– Papa, y a quelqu'un pour toi à la porte.

– Ah, c'est qui ?

– Je sais pas. Il a un costume, un attaché-case, et un air un peu désespéré.

– C'est Thierry, a dit mon père en soupirant.

Je comprenais mieux à présent pourquoi celui à qui je venais d'ouvrir avait une tête de croque-mort. Je me rappelais avoir entendu plusieurs fois son nom à table. Il travaillait à la banque avec papa. J'avais cru comprendre qu'il avait des problèmes avec De Mesmaeker qui lui en faisait voir de toutes les couleurs.

Alors que mon père ne semblait pas hyper heureux de recevoir son collègue, ma mère a proposé un apéro. C'est vrai que Thierry semblait avoir besoin d'un remontant, même de plusieurs. Mais dès qu'il a eu reposé son premier verre, papa, un peu moins gentiment que maman, l'a mis à la porte.

– Si maintenant il vient carrément chez moi pour déballer son sac, je ne vais pas m'en sortir ! a-t-il dit en refermant la porte.

Il nous regardait avec insistance,

comme s'il avait besoin qu'on lui dise qu'il avait eu raison de réagir de cette manière.

– Je sais bien qu'il est déprimé, mais je ne suis pas psy ! a-t-il ajouté. Et puis, moi aussi, parfois, j'ai eu des coups durs, et personne n'était là pour m'aider.

Maman a posé la main sur son épaule, puis elle s'est mise à débarrasser la table de l'apéro tandis qu'il montait à l'étage.

– Pourquoi papa il a fait ça ? lui ai-je demandé. Pourquoi il a renvoyé son collègue alors qu'il semblait avoir besoin de lui ?

– C'est compliqué, Augustin, m'a-t-elle répondu.

– Qu'est-ce qui est compliqué ? C'est si compliqué que ça d'aider ceux qui en ont besoin ? D'être juste et bon avec les gens ?

– Non, je parlais des relations entre les personnes.

Elle a posé son plateau et elle s'est dirigée vers sa bibliothèque.

– Regarde !

Je me suis approché et j'ai déchiffré les titres des livres qu'elle me montrait : *La Psychologie des relations humaines*, *Comment décrypter les gens*, *Comment bien s'entendre avec les autres*, *Moi et autrui*...

– Tu vois, tous ces bouquins ? C'est bien la preuve que c'est compliqué.

– Peut-être que papa devrait les lire ? lui ai-je dit.

– Ah, j'ai déjà essayé plusieurs fois de les lui faire lire, sans succès ! Mais peut-être que toi tu y arriverais. Et si tu lui faisais une petite sélection ?

Maman est repartie dans la cuisine pour préparer le dîner. Je venais de prendre un ouvrage au hasard quand, tout à coup, j'ai entendu un gros boum dans le jardin, comme si un arbre venait de s'écrouler, ou... comme si un cousin venait de tomber de la fenêtre de ma chambre ! J'ai vérifié que ma mère était toujours occupée, puis je suis sorti.

– Ta fenêtre était fermée, et quand j'ai

voulu redescendre, j'ai glissé, m'a expliqué Milos tandis que je l'aidais à se relever.

Il avait quelques égratignures, sa casquette rouge était couverte de terre, ses lunettes à l'envers, mais, à part ça, il semblait comme d'habitude. En revanche, le rosier Queen Elizabeth de maman ne s'en remettrait pas.

– Désolé, j'ai pas choisi où j'allais me casser la figure, m'a dit le cousin. Mais t'étais où ? J'ai attendu au moins une heure perché là-haut !

J'ai porté un doigt à ma bouche pour lui dire de parler moins fort, et je l'ai emmené dans le garage.

– On a eu un invité, lui ai-je expliqué. Et on n'a pas encore mangé.

Je lui ai parlé de Thierry et de la manière dont mon père l'avait renvoyé.

– Il s'arrange pas, ton daron, a commenté Milos.

– Merci, lui ai-je dit, j'apprécie ta franchise.

– De rien, ça me fait plaisir de t'aider dans les moments difficiles, m'a répondu le cousin.

J'hésitais encore plus à lui raconter ce dont papa et moi avions discuté au Grand Café. J'avais peur qu'il en profite pour le casser, comme le faisait oncle Xavier dès qu'une occasion se présentait.

– C'est quoi, le bouquin que t'as dans les mains ? m'a demandé Milos.

– Oh, ça, c'est un livre de la bibliothèque de développement personnel de ma mère. Elle m'a… demandé de l'aider à la ranger.

C'est là que j'ai lu le titre de l'ouvrage avec lequel je m'étais précipité dans le jardin : *Tout quitter pour élever des poules*. Je l'ai ouvert et feuilleté avec Milos. Il comprenait différentes parties, comme « Prenez votre vie en main », « Fixez-vous des objectifs ! », « Apprenez à dire stop » (que quelqu'un avait surligné en jaune), « Franchissez le cap », « Faites enfin ce qu'il vous plaît » (entouré en vert)… et, collés sur certaines pages, il y avait des post-it à l'en-tête de la banque où travaillait mon père. J'ai reconnu son écriture. Papa avait lu ce livre et pris des notes, comme s'il voulait faire ce qui était dit dedans. Tout à la fin, il avait même glissé des listes, assez semblables à celles que le cousin et moi on aimait bien faire. L'une d'entre elles s'appelait « Liste des choses à arrêter le plus vite possible », et la première de ces choses, que papa avait écrite en gros, c'était : « Travailler dans une banque. »

– Dis donc, ton père, c'est encore plus grave que ce que je pensais, a dit Milos en tournant sa casquette.

# LES DEUX FANTASTIQUES

## Ébauche de scène

Toto est dans sa chambre, allongé sur son lit, quand Pumpkin surgit à la fenêtre, l'ouvre d'un mouvement de jambes et s'assoit sur son bureau.

Pumpkin: ~~Qu'est-ce tu fous~~ Que fais-tu encore dans ton lit à cette heure-là? Lève-toi et va t'entraîner!
Toto: Je ne suis pas d'humeur. J'ai quelques problèmes.
Pumpkin: Des problèmes? Tu crois que quand Neil Armstrong s'est

envolé vers la Lune il a baissé les bras au moindre petit souci?

Toto: C'est pas un «petit» souci. Mon ~~daron~~ père est un homme sans cœur!

Pumpkin: Oh dis, fais attention avec tes grands mots. Ne te comporte pas comme ces ~~cons~~ gens qui disent des ~~trucs~~ choses sans en être sûrs.

Toto: La vérité, c'est que mon père se comporte mal avec tout le monde! Et moi, je ne veux pas d'un père comme ça!

Pumpkin: Tu tires des conclusions un peu trop rapidement. ~~Du coup~~ D'ailleurs, je m'inquiète pour ta future mission martienne. Il y a pas mal de moments où il te faudra réfléchir avant d'agir...

Toto rabat sa couette sur sa tête.

<u>Pumpkin:</u> … quand Neil Armstrong a cassé l'interrupteur de l'allumage du vaisseau Apollo, il n'a pas attrapé un marteau pour tout démolir. Il a réfléchi, puis il a pris un stylo pour remplacer le bouton qui ne marchait pas.

Pumpkin s'en va.

Grizou, cheveux permanentés et blond platine, entre dans la chambre de Toto.

<u>Toto (effrayé):</u> Ah, mais qu'est-ce t'as ~~foutu~~ fait à tes cheveux?
<u>Grizou:</u> Ça fait partie de l'entraînement. Si je veux devenir champion, je dois ~~être stylé~~ me

distinguer. J'ai décidé que je
le ferai de manière ~~chevelaire~~
capillaire.

Il regarde son reflet dans la vitre.

Grizou: Sinon, quoi de neuf? Toi
aussi, t'as une drôle de tête.
Toto: Oui, ~~c'est la loose~~ c'est pas
la joie. Je viens d'apprendre que
ma vie est un vaisseau Apollo; mon
père, un interrupteur cassé; et moi,
l'astronaute-bricoleur qui doit le
réparer.

# 17

Le lendemain matin, je me suis réveillé dès 6 heures, avant même que papa se lève, mais j'ai attendu d'entendre sa voiture démarrer pour descendre. Ma mère était en train de prendre son petit-déjeuner.

– Maman, est-ce que je peux inviter Milos à la maison ? lui ai-je demandé.

J'avais décidé d'y aller franco, ce qui n'a apparemment pas plu à sa biscotte, qui s'est brusquement cassée en mille morceaux.

– Augustin, on en a déjà parlé, tu sais bien que c'est tendu entre ton père et mon frère.

Le nez dans son bol de café, elle tentait de sauver les plus gros morceaux de sa biscotte.

– C'est à cause de Radojka ?

Maman a relevé la tête.

– Radojka ? Mais non, pourquoi tu dis ça ?

– Bah parce qu'elle est serbe.

– Mais non, voyons !

– Alors c'est parce qu'ils vivent pas comme nous, qu'ils sont… pauvres et que vous ne voulez voir que des gens riches ?

– Augustin, tu racontes n'importe quoi. Comment peux-tu penser une telle chose ?

C'était pas difficile. Je ne voyais plus d'autres raisons pour expliquer le fait que nous n'allions jamais chez son frère et que je n'avais pas le droit d'inviter mon propre cousin.

– S'ils sont fâchés, c'est parce que ton père a prêté de l'argent à oncle Xavier, et qu'il ne l'a jamais remboursé. Voilà, tu sais tout.

– Génial ! Je suis trop content d'apprendre que mon père n'est pas raciste mais radin !

*Bing !*

C'était la première fois que maman me giflait. Je suis resté comme un idiot, ma main sur la joue, ne comprenant pas ce qui venait de se passer. Ma mère a plongé son visage dans sa serviette, puis elle s'est levée et s'est accroupie au pied de ma chaise.

– Pardon, mon Augustin, je ne voulais pas..., m'a-t-elle dit. C'est dur pour moi aussi. Xavier est mon frère, après tout, mais je comprends aussi ton père. J'aimerais appuyer sur un bouton magique qui les réconcilierait, mais...

– On n'est pas dans un roman de science-fiction, ai-je continué en repensant à l'interrupteur de Neil Armstrong.

– Oui, voilà... Et Xavier a des torts lui aussi, tu sais. Après que ton père lui a prêté cet argent, il n'a plus donné de nouvelles. On voyait juste Radojka qui venait de temps en temps avec tes cousins. Un an s'est écoulé comme ça. Puis, un jour, ton père et moi prenions un verre au Grand Café, quand on a vu Xavier passer devant la vitrine au volant d'une voiture toute neuve. Quelque temps plus tard, Arthur est allé le voir pour lui demander s'il pouvait le rembourser, et mon frère a prétendu que c'était difficile en ce moment, qu'il avait du mal à payer ses factures… Si papa s'est fâché avec ton oncle, ce n'est pas pour l'argent, mais parce qu'il s'est senti trompé, de nouveau, comme si sa gentillesse lui avait joué un mauvais tour.

– Comme quand il était au collège ? lui ai-je demandé.

– Oui. Il t'en a parlé ?

J'ai hoché la tête.

– N'en veux pas à ton père, a-t-elle repris. Arthur est quelqu'un de bon, seulement, par le passé, la vie lui a souvent montré que sa bonté pouvait devenir une faiblesse qui se retournait contre lui. Alors il s'est peu à peu caché derrière une façade, un mur de béton, pour se protéger, nous protéger. Mais moi, je sais qu'il n'est absolument pas méchant. Et que ce métier qu'il fait, par exemple, ce n'est pas du tout lui…

J'ai repensé aux échanges sur Messenger entre Terminator44 et Zorro1980, et à ce qu'en avait déduit Lily. Je devais lui dire qui étaient mes vrais parents et laver l'image de mon père.

# *18*

Deux jours plus tard, Lily et moi avions prévu de nous rejoindre à la médiathèque pour commencer la rédaction de notre exposé. J'avais appelé Milos à la rescousse. Il me fallait du soutien pour avouer à Lily qu'il n'était pas mon frère, mais mon cousin, puis que Xavier et Radojka n'étaient pas mes parents, mais mon oncle et ma tante. Et, cerise sur le gâteau, que mon vrai père travaillait dans une banque, lieu des plus grandes injustices de ce monde.

– Ça va bien se passer, me répétait Milos tout en finissant de colorier la combinaison de Pumpkin.

Notre roman illustré avait pris une direction inattendue. Toto était tombé amoureux de la petite Martienne et il ne savait pas comment lui faire sa déclaration.

– Il pourrait lui écrire une lettre ? a proposé Milos.

– Pas super original.

– L'emmener au cinéma voir un film d'amour ?

– Le cinéma ? Avec une extraterrestre ? Pas très crédible…

– Lui chanter une chanson ?

– Bof.

– Envoyer Grizou le lui dire ?

– Ah non, il serait bien capable de lui piquer son amoureuse.

– Mais alors comment ? De quelle façon ça se déclare, l'amour ?

– Peut-être que ça ne se déclare pas, a fait une petite voix.

J'ai sursauté, et Milos aussi, car ce n'était ni lui ni moi qui avions parlé, mais Lily qui avait surgi de nulle part, son grand sourire accroché à son visage. J'ai brusquement refermé le cahier.

– Après tout, l'amour n'est pas une guerre, ou une marchandise que l'on déclare à la douane, a-t-elle continué.

Comme ni Milos ni moi n'avions rien à répondre, elle s'est installée et a sorti un calepin de son sac à dos.

– J'ai réfléchi à la construction des parties de notre exposé, a-t-elle continué en tirant une chaise. Je peux vous lire mes idées ?

– Euh, ai-je bafouillé, avant de commencer, j'aimerais…

– Oh, pardon, je ne voulais pas décider pour nous deux. Si tu l'as déjà fait, vas-y, je t'écoute, m'a répondu Lily de son air d'éternelle gentille.

Parfois, elle me rappelait l'âne Trotro, mon héros préféré quand j'étais petit.

– Non, ce n'est pas au sujet de l'exposé. J'aimerais…

Pourquoi, dans les histoires que mes parents m'avaient lues, tout était si simple et joyeux ? Moi, j'y avais cru. Je me demandais si des personnes, une fois devenues adultes, avaient déjà porté plainte contre les auteurs, car la vraie vie était vraiment beaucoup plus compliquée que celle racontée dans les albums cartonnés.

– Il veut te faire une déclaration, en quelque sorte, est intervenu Milos.

Juste à ce moment-là, une dame a crié dans un haut-parleur pour annoncer que la conférence « Comment parler sans le regretter ou l'art du savoir-dire » allait commencer dans l'espace auditorium. Les gens se sont levés, un rideau a été tiré, les projecteurs se sont allumés, la modératrice a présenté le conférencier, des personnes ont applaudi, et moi, je me suis lancé. J'ai tout raconté à Lily. À mesure que je lui expliquais pourquoi je m'étais retrouvé à lui mentir sur mes parents, j'ai vu son sourire s'effacer. Et quand j'ai commencé à lui parler de mon père/Terminator44, de son travail et de l'histoire avec oncle Xavier/Zorro1980, elle m'a arrêté.

– Tu m'as menti.

– Oui, je sais, mais là, je te dis la vérité. Et je…

– C'est très très grave. Vraiment très très grave, a-t-elle répété.

J'ai baissé la tête.

– Ce qui est grave, a-t-elle repris, ce n'est pas ce que fait ton père ni la raison pour laquelle il s'est fâché contre ton oncle, mais ton mensonge.

J'ai relevé la tête.

– Pourquoi tu dis « ce que fait mon père » ? me suis-je énervé. Tu sais rien de ce qu'il fait ni pourquoi ! Tu le connais pas, mon père ! Alors tais-toi !

– Peut-être, mais j'ai vu ce qu'il a dit à ton oncle, et je ne comprends pas comment on peut parler si mal à quelqu'un, en plus quelqu'un de sa propre famille !

Je suis resté silencieux. Elle et moi, on s'observait comme les personnages des vieux westerns, lorsqu'ils s'affrontent en duel, la caméra fixée sur leurs yeux. Lily n'avait plus son air habituel, doux et gentil. Dans son regard, il y avait quelque chose qui m'a fait froid dans le dos. Une sorte de colère mélangée à de la déception et à de la tristesse.

– Et puis, je te l'ai déjà dit, qu'il travaille dans une banque ou un supermarché, ça ne change rien, a-t-elle ajouté. Tu m'as menti et je ne veux pas parler à un menteur.

Elle s'est levée et a quitté la salle.

– Formidable ! s'est écrié quelqu'un derrière le rideau.

Un homme a tiré le tissu rouge.

– Chers spectateurs, vous venez d'assister à l'illustration parfaite de ce que je m'apprêtais à vous expliquer.

J'ai senti tous les regards et les projecteurs se tourner vers moi.

– Voilà un aveu courageux, a-t-il continué. Quelle pourrait en être la conclusion ?

Une femme a levé la main.

– Oui, vous ! lui a dit le conférencier.

– Eh bien, parler n'est jamais sans risque, a-t-elle dit en me regardant.

Fermeture de rideau.

# LES DEUX FANTASTIQUES

## Ébauche de scène

Toto et Pumpkin sont sur un immense terrain de foot.
Ils se dirigent vers une soucoupe volante.

<u>Toto:</u> Je suis obligé de te renvoyer sur Mars, Pumpkin. Je suis ~~dsl~~ désolé.
<u>Pumpkin:</u> Moi aussi.

La trappe de la soucoupe s'ouvre.
L'extraterrestre s'avance vers l'engin spatial, puis se retourne.

<u>Pumpkin:</u> Je m'en vais, Toto, mais je pense que ~~t'as~~ tu as tort.

Toto: Tu vois? Tu recommences à me dire que ce que je fais ou dis ne va pas.
Pumpkin: On ne peut pas tout le ~~tant~~ temps être d'accord. C'est normal de penser différemment, d'être différents. Si tu n'acceptes pas ça, tu ~~t'entendras~~ ne t'entendras jamais avec personne.
Toto: Je m'entends très bien avec ~~Mil~~ Grizou et les copains de l'école.
Pumpkin: Forcément, vous êtes pareils, ~~y a~~ il n'y a pas de risque de conflit!

Bruits de pas et de ballon. Grizou, coiffé de deux tresses bleues, arrive en dribblant.

Grizou: Toto!!!
Toto: Qu'est-ce que tu ~~fous~~ fais

là? T'avais pas un rendez-vous ~~méga super~~ très important avec l'entraîneur de la Real Sociedad?
Grizou: Mon d~~aron~~ père l'a repoussé. Il m'a dit que je ne pouvais pas y aller coiffé comme ça.
Pumpkin: Ah oui, en effet.
Toto (à Pumpkin): Tu vois? tu recommences à juger les gens!
Grizou: Eh, Toto, t'es ~~soûlant~~ énervant, à la fin! ~~Fous-lui~~ Laisse-la dire ce qu'elle pense! Tu ne vas pas la renvoyer sur Mars juste parce qu'elle donne son avis.

Toto reste silencieux.

Grizou: En plus, ils recrutent des filles au club de l'UF Mâcon. Ils ont besoin de quelqu'un qui court vite, alors j'ai pensé à toi, Pumpkin.

Grizou lui envoie le ballon. Elle le réceptionne avec la poitrine, avant de le passer à Toto.

**Messages de travail entre Augustin Trévenoy et Milos Rigola, auteurs des *Deux Fantastiques***

**Milos Rigola :** Euh… notre roman devient pas un peu n'importe quoi ? J'ai peur que les lecteurs n'y croient pas.
**Augustin Trévenoy :** Si Harry Potter fait du quidditch, pourquoi une extraterrestre ne pourrait pas jouer au foot ?
**Milos Rigola :** Sauf que t'as oublié un détail important : on n'est pas J. K. Rowling.

# *19*

– Et ton exposé, ça avance bien ? m'a demandé maman.

On était devant *Amour et complications*, le premier film bangladais de l'histoire du cinéma. En noir et blanc et très lent, il offrait la possibilité aux spectateurs d'aller aux toilettes, de prendre un cookie dans la cuisine, de faire un tour de jardin ou de répondre aux questions d'une mère anxieuse. Tout cela sans rien perdre de l'histoire, qui durait seulement trois heures et dix-huit minutes.

– Oui, on a fini.

On n'avait même pas commencé, car Lily et moi ne nous étions pas reparlé depuis notre passage à la médiathèque. Et la rentrée approchait. Mais je n'en étais plus à un mensonge près.

Papa est revenu de la cuisine avec une part du cake marbré que maman avait préparé pour son prochain club de lecture. Il tenait aussi un sachet de madeleines, mes préférées, celles qui sont fourrées au chocolat spécial vacances.

– Arthur, c'était pas vraiment pour toi, a-t-elle fait du même ton que madame Galiote quand on lui rendait des livres tout abîmés.

– Je sais, mais quand je suis nerveux, j'ai besoin de grignoter.

Il ne faisait que ça depuis quelque temps. À ce rythme, il allait finir obèse. Après notre discussion au Grand Café, j'avais surpris une conversation entre lui et maman. Il disait qu'il en avait marre de son travail et qu'il voulait faire autre chose. Et quand ma mère lui avait répondu : « Bah fais-le. Démissionne et va élever des poules ! », il lui avait dit qu'il ne pouvait pas, qu'il était « coincé » et devait bien réfléchir avant de décider quoi que ce soit. Donc, en attendant, il grignotait. J'espérais qu'il réfléchirait vite. Un père employé de banque et en surpoids, ce serait la totale.

– Chéri, a fait maman alors que nous entamions les trente dernières minutes du film.

– Oui, Clotilde, lui a répondu mon père la bouche pleine.

Ma mère s'est redressée sur le canapé et a pris une grande inspiration.

– Imagine-toi que ce matin, par hasard, j'ai rencontré Radojka chez le coiffeur. On a parlé un peu et on s'est dit que ce serait bien de se revoir... avec les enfants.

Papa a tourné la tête.

– Je vais y réfléchir, a-t-il dit en replongeant la main dans mon sachet de madeleines.

– Si tu pouvais réfléchir vite, ce serait bien, car je les ai invités demain pour le goûter.

Papa a toussé et j'ai cru qu'il allait recracher son gâteau direct dans le sachet. Une discussion animée a suivi, mais maman a eu le dernier mot au bout de trois madeleines. Avec tout ça, on n'avait pas vu la fin d'*Amour et complications*.

Le lendemain, oncle Xavier, tante Radojka, Milos et Tibor sont arrivés dans leur grosse voiture. Au bruit du moteur, papa a soulevé le rideau et dégluti avec difficulté.

– Ils auraient quand même pu venir à pied ou à vélo, a-t-il bougonné.

– Arthur, tu ne vas pas commencer ? lui a répondu maman en lui faisant les gros yeux.

Puis la famille du cousin a sonné.

– J'ai fait une gibanica, a dit Radojka en tendant un plat à maman.

J'ai vu la mâchoire de papa se détendre à la vue de la pâtisserie. Maman a soufflé et proposé d'une voix enjouée qu'on s'installe dans le salon, car on n'allait « quand même pas goûter dans l'entrée » !

Au début, personne n'a parlé. On se regardait et on s'écoutait mâcher le gâteau au fromage. Après s'être resservi une deuxième part, Xavier s'est lancé.

– Et ton boulot, Arthur, ça se passe bien ? Vous êtes toujours la banque qui fait les plus gros chiffres ?

Le coup de coude de Radojka lui a fait lâcher son assiette. On a tous suivi la lente trajectoire de la gibanica jusqu'à son atterrissage final sur le beau tapis de maman. Milos et Tibor ont gloussé, et ma mère est devenue aussi blanche que le fromage qui était en train de s'étaler sur son tissu pure laine de Nouvelle-Zélande.

Mon oncle s'est excusé, on a nettoyé, et j'ai échangé un long regard avec le cousin. Il nous fallait prendre les choses en main.

– On pourrait jouer à Créadeux ! a lancé Milos.

Créadeux était un jeu de société consistant à faire deviner un mot, une expression ou une idée à l'aide d'une ardoise et d'un marqueur. Sa particularité était qu'il fallait dessiner et trouver les réponses à deux, d'où le slogan de la pub : « Le jeu qui crée du lien, fait du bien et rapproche les êtres humains ! »

– Oui, très bonne idée, a approuvé maman en se levant pour aller le chercher.

Papa et Xavier se sont regardés d'un air inquiet. Puis on s'est installés à la table du salon et on a formé les équipes : moi avec Milos, Tibor avec maman et mon père avec oncle Xavier. Radojka faisait l'arbitre. Au début de la partie, tout s'est assez bien passé. On tombait sur des cartes faciles. Une brosse à dents, un cartable, cueillir des fleurs ou regarder les mouches voler, c'était sans danger et facile à dessiner. Papa et Xavier coopéraient, et je me suis dit qu'ils étaient rudement forts, les inventeurs de Créadeux. Réussir à rapprocher deux hommes fâchés depuis deux ans, fallait le faire. Malheureusement, ça s'est corsé à la quatrième manche. Quand mon oncle et mon père ont pioché leur carte, la tête du premier est devenue toute rouge, et le second a demandé s'il restait de la gibanica. Maman est vite allée chercher des madeleines. Puis Xavier a attrapé son marqueur d'une main tremblante.

– C'est un mot, a-t-il commencé.

Il a fait les deux premiers traits, papa en a dessiné deux autres. Lorsque j'ai reconnu les quatre roues, c'était déjà trop tard. Des feutres, des cartes et des mots volaient dans la pièce, et ce n'étaient pas les expressions toutes mignonnes qu'il fallait deviner sur les petits cartons colorés. Maman et Radojka ont essayé de calmer leurs maris, mais papa et Xavier semblaient bien décidés à vider leur sac. En tout cas, la scène avait l'air d'amuser Milos et Tibor, qui s'étaient installés sur le canapé pour mieux regarder. Moi aussi, avant, j'aurais fait comme eux. J'aurais rigolé de voir mon père et mon oncle s'énerver et se balancer des méchancetés, mais je ne sais pas pourquoi, je n'arrivais pas à trouver ça drôle. J'ai pensé à Lily. Je me demandais ce qu'elle aurait fait à ma place.

## Messages de travail entre Augustin Trévenoy et Milos Rigola, auteurs des *Deux Fantastiques*

**Milos Rigola :** J'ai l'impression qu'on est bloqués…

**Augustin Trévenoy :** Ouais, aucune idée sur ce que pourraient faire nos personnages.

**Milos Rigola :** Attends, je vais chercher sur Google.

**Augustin Trévenoy :** Je ne crois pas que les écrivains trouvent des idées sur Google. Pas les bons, en tout cas.

**Milos Rigola :** Attends !

**Augustin Trévenoy :** OK, j'attends.

**Milos Rigola :** J'ai trouvé ! Clique sur ce lien : www.gazettelitteraire.com

**Augustin Trévenoy :** J'ai cliqué. C'est quoi le rapport avec *Les Deux Fantastiques* ?

**Milos Rigola :** Bah, c'est clair pourtant. Lis le titre de la page.

**Augustin Trévenoy :** « Les romans préférés des Français ».

**Milos Rigola :** Oui, et regarde ceux qui arrivent en premier.

**Augustin Trévenoy :** « Les livres dans lesquels les personnages évoluent ».

**Milos Rigola :** Donc ?

**Augustin Trévenoy :** ...

**Milos Rigola :** Donc, c'est ça qui manque à notre roman, c'est pour ça qu'on est bloqués ! Nos personnages, faut qu'ils se transforment, qu'ils grandissent un peu !

## *20*

Papa et Xavier continuaient de se traiter de tous les noms : voleur et malhonnête pour l'un ; égoïste et radin pour l'autre. Maman et tante Radojka ne savaient plus quoi faire. La gibanica était terminée, et les madeleines n'avaient pas réussi à calmer mon père. Quand le ton est monté un niveau au-dessus, je me suis levé et j'ai crié :

– STOP !!!

Mais ils ont continué de s'insulter et de s'agiter, alors j'ai crié plus fort.

– STOOOP !!!!!!

Toute la famille m'a regardé, effrayée et surprise à la fois, comme si je venais de lui annoncer que chaque soir je recevais la visite d'une petite Martienne. Puis j'ai fait comme Lily. J'ai pris ma petite voix et je leur ai dit :

– Et si on essayait de discuter et de s'écouter ?

À ma grande surprise, ils ont tous hoché la tête. Comme si parler doucement et en souriant était plus efficace que tous les cris et les menaces.

– Oncle Xavier, vas-y, commence, ai-je repris.

Il a toussé plusieurs fois pour s'éclaircir la voix.

– Je n'ai jamais dit que je ne vous rembourserais jamais, a-t-il confié.

Papa s'est agité sur le canapé pour intervenir, mais maman a posé une main sur sa cuisse et il s'est calmé.

– Si j'ai acheté cette voiture, a continué mon oncle, c'est parce que la nôtre avait rendu l'âme et que, sans véhicule, je risquais de perdre mon emploi.

Un grand silence est tombé sur le salon, un

silence pendant lequel on a tous eu envie de lui poser la même question: «D'accord, mais pourquoi n'as-tu pas choisi une voiture plus petite et moins chère?»

– Et quand j'ai vu cette beauté, a-t-il repris en parlant de sa voiture et non de Radojka, j'ai craqué. Je suis désolé. Je me suis comporté comme… comme un vrai gamin. Et plutôt que de te l'avouer, Arthur, j'ai préféré t'éviter.

En tant que vrais gamins, Milos, Tibor et moi, on s'est regardés. Je ne crois pas qu'on aurait agi de cette façon, mais je me suis bien gardé de donner mon point de vue. C'est là que papa s'est excusé à son tour et lui a dit:

– Après tout, cet argent que je t'ai prêté, je n'avais pas à savoir ce que tu voulais en faire. C'était un geste familial qui aurait dû rester sans intérêts ni jugements.

Les sourcils de maman se sont levés plusieurs fois. Elle non plus n'en croyait pas ses oreilles.

– Ça fait du bien de dire les choses, hein ? a dit Radojka quelques secondes plus tard.

On a tous hoché la tête en même temps. Ça faisait aussi du bien de les entendre. J'avais l'impression d'être dans *La Mélodie du bonheur*, un très vieux film où une nounou ne fait que chanter pour rendre heureux les enfants dont elle s'occupe, même si moi, personnellement, ça m'aurait tapé sur les nerfs.

Je ne voulais pas que ça s'arrête comme ça. Je ne voulais pas que la mélodie du bonheur dure seulement une heure et demie. C'est là que j'ai pensé au « Défi familles zéro déchet », parce que, pour aider les gens à se transformer, il fallait aussi que ce soit amusant. J'ai repris ma voix de gentil et je leur ai dit :

– Et si on faisait un nouveau jeu ? Un qui pourrait durer un peu toute la vie. Ça s'appellerait « Le Grand Défi familles zéro méchanceté ».

– Et ça serait quoi l'objectif final ? a demandé le cousin.

– D'apprendre à être plus gentils les uns

avec les autres, les uns pour les autres, de se faire du bien pour de vrai. Pas seulement en apportant un gâteau au fromage, parce que ça ne sert à rien si c'est ensuite pour se taper dessus.

Ils me regardaient tous bizarrement. J'avais peur que mon père se lève et annonce que le jeu était fini, que maintenant on revenait à la vraie vie, celle où on se parle mal ou plus du tout.

– C'est une très belle idée, Tintin, a-t-il dit. Tu as raison, la gentillesse, c'est comme les règles de politesse, ça s'apprend… ou se révise.

J'ai repensé à Lily. J'aurais bien aimé qu'elle soit là.

– Alors, quelles actions proposez-vous pour atteindre le zéro méchanceté ?

Tout le monde se regardait, mais personne n'osait se lancer, comme en classe quand aucun élève ne prend la parole de peur qu'on se moque de lui. Oncle Xavier a fini par lever la main.

– On pourrait rédiger notre liste à la maison et te la remettre dans quelques jours ?

## Tableau de bord du Grand Défi familles zéro méchanceté

| | SEMAINE 1 | SEMAINE 2 |
|---|---|---|
| ARTHUR | Inviter Thierry à dîner | Lire les livres conseillés par Clotilde (au moins un pour commencer) |
| CLOTILDE | Trouver des livres en serbe pour Radojka | Aider Arthur à construire son nouveau projet professionnel |
| XAVIER | Proposer à Arthur un verre au Grand Café | Offrir des fleurs à Radojka |
| RADOJKA | Envoyer la recette de la gibanica à Clotilde et à Arthur | Inviter Clotilde et Arthur |
| MILOS | Offrir ses dessins à sa famille | Faire un portrait avantageux, bien que non réaliste, de son petit frère |
| TIBOR | Ne plus se connecter en cachette à la messagerie de son frère | Accrocher les dessins de son frère dans sa chambre |
| MOI | Reparler à Lily | Accompagner Lily chez Ferdinand |

| | SEMAINE 3 | SEMAINE 4 |
|---|---|---|
| ARTHUR | Offrir à Xavier un abonnement au Magazine de l'automobile | Finir tôt et préparer le repas |
| CLOTILDE | Offrir une poule à Arthur? | Complimenter Radojka sur ses talents de cuisinière |
| XAVIER | Emmener les enfants à la piscine | Taguer Arthur avec des articles ou des vidéos de panda |
| RADOJKA | Arrêter de commérer chez le coiffeur | Proposer aux voisins des cours gratuits de serbe |
| MILOS | Aller rendre visite à son cousin en passant par la porte | Trouver un autre défi de la gentillesse |
| TIBOR | Retirer les dessins de son frère afin d'en faire profiter les autres | |
| MOI | Inviter Lily à une séance de cinéma à la maison | Faire des compliments à Lily |

# 21

Le jour de la rentrée, je suis arrivé très tôt à l'école. Je voulais demander pardon à Lily pour lui avoir menti au sujet de mes parents et lui parler de l'opération zéro méchanceté que j'avais lancée. J'avais hâte de lui montrer que dans ma famille aussi on était des bons. Mais j'avais peur que cela ne suffise pas à lui faire oublier ce que j'avais dit à la médiathèque, même si, selon maman (et l'auteur du livre de développement personnel d'où elle avait recopié la citation), « la vraie gentillesse consiste à sourire à tout le monde, même aux cons ». Elle avait sorti ça en plein dîner, hier soir, et papa et moi avions essayé de ne pas le prendre contre nous.

Assis sur les marches dans le hall de l'école, j'ai vu arriver Paulus, Josselin, puis Charline, mais pas Lily, et il était déjà 8 h 45. La cloche a sonné et j'ai rejoint la salle de classe.

– Vous avez passé de bonnes vacances, les enfants ? a commencé madame Galiote en fouillant dans son cartable.

On a tous crié oui. Moi, un peu moins fort que les autres, car je n'arrivais pas à ignorer la place vide à côté de la mienne.

– Madame ? a fait Charline.

– Oui ? lui a répondu la maîtresse, les deux mains toujours plongées dans sa sacoche.

– Comment Augustin va faire pour son exposé maintenant que Lily n'est plus là ?

J'ai soudain eu l'impression de recevoir un gros ballon de basket en plein ventre.

– A y est, je l'ai ! s'est exclamée madame Galiote en brandissant une chaussette blanche et rouge.

Puis elle s'est assise sur l'estrade.

– Tu disais, Charline ? a-t-elle demandé

tout en se déchaussant pour enfiler sa chaussette.

Charline a répété sa question.

– Oui, en effet, a répondu la maîtresse, je crains qu'il ne faille faire sans elle. Pour ceux qui ne le sauraient pas, votre camarade Lily est malade et ne va pas revenir tout de suite à l'école. Augustin, quel était votre sujet ?

– « Qu'est-ce qui est injuste ? »

Madame Galiote a ouvert la bouche, puis elle l'a refermée comme si aucun mot ne convenait.

– Bon, a-t-elle fait d'une voix changée, nous verrons ça plus tard. Sortez votre manuel de français, page 32, sur le féminin des adjectifs qualificatifs.

Je n'ai rien retenu de la leçon, sauf les mots « fragile » et « triste », car ils s'écrivent de la même manière que l'on parle d'un garçon ou d'une fille. Dès que la cloche de la récré a sonné, je me suis levé pour aller voir Charline.

– Qu'est-ce qu'elle a, Lily ?

– Tu sais pas ?

– Non…, ai-je répondu.

– Elle est à l'hôpital. Elle a une maladie. C'est pour ça qu'elle est toujours dispensée de sport.

Puis elle a appelé Fatima et Paulus pour nous proposer un « Il parle comme il dégaine ». Moi, je n'avais pas envie d'y participer. Alors je suis resté tout seul dans la classe et je me suis assis à la place de Lily. Je me sentais à la fois triste et bête. J'avais eu l'impression qu'elle et moi on était proches. Des amis pour le meilleur et pour le pire, comme ils disent dans les films, avec des moments où on se fâchait et d'autres super chouettes où je ne voyais pas le temps passer. Et là, je me rendais compte brusquement que je ne connaissais rien d'elle. Par la fenêtre de la classe, j'ai regardé les autres s'amuser, se chambrer, courir, jouer, rire, vivre à toute vitesse comme si le temps risquait de s'arrêter. Après l'école, je suis rentré à la maison et je suis monté directement dans ma chambre.

J'ai ouvert mon cahier d'écriture, et j'ai attendu, les yeux fixés sur la page blanche. J'étais censé écrire une scène collant au dernier dessin que m'avait envoyé Milos, sauf que ma tête était totalement vide. Toto et Grizou me regardaient d'un air impatient, mais je n'arrivais pas à les faire bouger ni parler.

– Augustin, je peux entrer ? a fait maman derrière la porte.

– J'ai fourré *Les Deux Fantastiques* sous mon oreiller.

– Oui.

– Ça ne va pas ? Tu n'as même pas pris ton goûter, m'a-t-elle dit en posant un verre de jus d'orange et une assiette de cookies sur mon bureau.

– J'ai pas faim.

– Tu es malade ?

– Non… pas moi.

Je lui ai alors raconté ce que je venais d'apprendre pour Lily.

– Oui, la boulangère m'en a parlé…

– Mais pourquoi tout le monde était au courant sauf moi !

– Parce que, dans les petites villes, les adultes parlent beaucoup entre eux et que les nouvelles circulent très vite.

– Non ! Dans la classe, pratiquement tout le monde savait. Alors que Lily, c'est ma voisine de bureau, c'est avec elle que je rentre le soir, c'est avec elle que je dois faire un exposé, c'est avec elle que le temps passe à toute vitesse, c'est avec elle que… j'aime le plus être !

Je me suis mis à pleurer.

– Peut-être qu'elle ne voulait pas te parler

de sa maladie pour ne pas t'inquiéter, m'a dit maman en me caressant les cheveux.

J'aimais bien sentir ses doigts dans mes boucles. C'était comme si elle appuyait sur un bouton qui ouvrait une trappe d'où ressortait toute la colère.

– Et si tu allais la voir ?

– Mais je ne sais pas dans quel hôpital elle se trouve et je n'ai même pas le numéro de téléphone de ses parents.

Maman a replongé sa main dans mes cheveux pour actionner son éjecteur de colère.

– Ton papa, lui, il l'aura sûrement.

# LES DEUX FANTASTIQUES

## Ébauche de scène

Quelques semaines plus tard…
Toto (cheveux explosés) et Grizou (cheveux ondulés à l'arrière et rasés sur les côtés) sont au pied de la fusée SpaceX. De la fumée s'échappe d'un trou béant tout en haut de l'engin. Probablement une collision avec une grosse météorite.

Toto: Qu'est-ce que je vais faire!
Grizou: ~~Tu sais~~ Tu ne sais pas la réparer? ~~Elle t'a~~ Elle ne t'a pas appris, ta copine rouquine?
Toto: ~~Bah~~ Non, elle n'a pas eu le

temps. Et c'est justement pour elle que je dois faire marcher cette ~~foutue~~ fusée. Il faut que j'aille la voir sur Mars. Elle est malade.

Grizou: Le Covid?

Toto: Aucune idée, je sais juste qu'elle est repartie pour se faire soigner. Bon, tu m'aides?

Grizou: J'aimerais bien, mais c'est pas trop mon ~~truc~~ domaine, les fusées.

Il lance son ballon, le récupère sur la tête et le fait rouler.

Grizou: T'as qu'à demander à ton ~~daron~~ père!

Son nom est à peine prononcé qu'une lumière ~~explose~~ jaillit dans la nuit.

Mr Fantastique apparaît dans un nuage de ~~billets~~ fumée. Il prend des mains le ballon de Grizou, puis ses bras s'étirent et atteignent le sommet de la fusée. Il ~~bouche~~ colmate le trou avec le ballon de foot, avant de sortir un rouleau de scotch pour l'attacher. Une fois qu'il a terminé, il ouvre la trappe de la fusée et fait reprendre leur taille normale à ses bras.

<u>Mr Fantastique:</u>
Bon voyage, fiston!

Toto avance
dans la fusée.

## Messages de travail entre Augustin Trévenoy et Milos Rigola, auteurs des *Deux Fantastiques*

**Milos Rigola :** Waouh, c'est trop top ! J'adore quand tu dis « Il lance son ballon, le récupère sur la tête et le fait rouler », comme les champions !
**Augustin Trévenoy :** Mais ça fait pas trop ringard que Toto soit aidé par son père ?
**Milos Rigola :** Pas du tout ! C'est normal qu'il soit aussi un superhéros pour son fils !

# 22

Pendant quelques secondes, j'ai vraiment cru que mon père avait un pouvoir magique, qu'il pouvait faire apparaître les choses quand j'en avais besoin. Alors quand, en rentrant, il m'a dit: «Ah non, je n'ai pas le numéro de téléphone des Fratelli. Ils n'ont pas de compte chez nous», j'ai forcément été déçu.

– Par contre, je peux téléphoner à ton école pour le leur demander, a-t-il proposé.

Bon, c'était pas de la magie, mais ça a marché tout aussi bien. Et, en même temps, papa avait réussi un nouveau défi de la gentillesse. Deux semaines plus tôt, il n'aurait jamais pris le temps pour ce genre de chose. Mais depuis notre journée Créadeux et les ateliers zéro méchanceté auxquels chacun participait (sauf

Tibor qui faisait l'école buissonnière), il n'était plus le même, et c'était pas seulement par rapport aux kilos qu'il avait pris. Moi aussi, je me sentais différent. Je n'aurais pas cru que faire du bien pouvait rendre aussi heureux.

Sauf que savoir Lily à l'hôpital venait de tout gâcher.

J'ai donc appelé chez elle et sa mère m'a dit d'une voix joyeuse que sa fille attendait ma visite avec impatience.

– Qu'est-ce que je pourrais lui apporter ? ai-je demandé à papa qui attendait dans le couloir.

– Tu la connais mieux que moi, non ?

– Bah non, si je la connaissais si bien que ça, j'aurais su qu'elle n'allait pas bien.

Au lieu de répondre, il a passé les mains dans ses cheveux. Il faisait la même tête que quand maman lui demandait pour la dixième fois de dérouler ses chaussettes avant de les mettre dans le panier à linge. Embêté, mais incapable de faire autrement.

– Qu'est-ce qu'on offre à une fille ? l'ai-je questionné. Toi, quel cadeau tu offrais à maman quand elle était jeune ?

– À ta mère ? Mais ta mère n'était pas une fille comme les autres ! Elle ne l'est d'ailleurs toujours pas...

– Justement ! Lily non plus elle n'est pas comme les autres !

– Vas-y sans rien, m'a-t-il répondu avant de s'installer à la table du salon. Tu lui demanderas ce qui lui fera plaisir quand tu la verras.

Il a sorti un gros carnet jaune du tiroir et l'a ouvert.

– Tu fais quoi ? lui ai-je demandé.

J'ai soudain eu peur que, lui aussi, il se mette à écrire un roman. Deux écrivains dans la famille, ce serait beaucoup trop.

– Je réfléchis à mon orientation professionnelle. À ce que je veux vraiment faire dans la vie. C'est mon coach de vie qui m'a dit de faire ça.

Sur les conseils de maman, mon père

consultait une dame qui, en gros, l'entraînait à vivre en se faisant du bien. J'aurais moi aussi aimé l'aider à réfléchir, mais j'étais trop préoccupé par Lily. Et j'étais quand même embêté d'arriver à l'hôpital les mains vides. C'est à ce moment-là que j'ai pensé aux paniers que maman composait pour son club de lecture. Ma mère classait les livres tout comme elle classait les pots de confiture ou mes chaussettes (par couleur), les pommes de terre et les défauts de papa (par taille), les cactus et les gens (par nombre d'épines). Citer des phrases toutes faites sur la vie et catégoriser étaient les deux grandes passions de maman. J'ai d'abord regardé dans le panier «Romans pour les jeunes». Le premier, en haut de la pile, s'appelait : *La Licorne du bonheur*, ensuite, il y avait *La Rentrée des poneys* et *Un poney pas comme les autres*. J'ai hésité, mais je n'étais pas sûr que Lily soit du genre à aimer les histoires de chevaux miniatures, même s'ils étaient hyper sympas et qu'ils sauvaient tout le monde grâce à leur bonté et à leur courage. Je suis passé au panier suivant, celui des «Romans pour les seniors». Maman avait ajouté une petite note sur l'étiquette: «Livres en gros caractères, faciles à lire et donnant le moral.» J'ai passé les titres les uns après les autres: *C'était bien*; *Une vie longue et bien remplie*; *J'ai aimé*; *Nous nous retrouverons bientôt là-haut*. À croire que les auteurs voulaient achever leurs lecteurs. J'ai inversé les étiquettes, laissé tomber les paniers et je suis parti à l'hôpital les mains vides comme me l'avait conseillé papa.

Heureusement, car si j'avais eu quelque chose dans les mains, je l'aurais lâché en voyant Lily. J'ai eu du mal à la reconnaître. Il n'y avait que son sourire qui n'avait pas changé. Ses cheveux fous, sa crinière rousse de sorcière, ses boucles potimarron avaient disparu. Et maintenant qu'ils n'étaient plus là, ils me semblaient plus indispensables que jamais.

# LES DEUX FANTASTIQUES

## Notes de travail

Liste des choses que les auteurs Augustin Trévenoy et Milos Rigola voudraient faire dans leur vie. Celles dont le pourcentage de probabilité est inférieur ou égal à 40 % seront réalisées par les personnages des *DEUX FANTASTIQUES.*

## AUGUSTIN TRÉVENOY

| CHOSE | POURCENTAGE DE PROBABILITÉ (suivi de l'avis du coauteur) |
|---|---|
| Partir en mission spatiale | 40 % (plutôt 5 %. Retombe un peu sur terre!) |
| Rencontrer Thomas Pesquet | 75 % (Rêve toujours! Ici, on parle de les rencontrer pour de vrai...) |
| Découvrir un trésor dans le jardin | 10 % (tout dépend de ce que l'on entend par «trésor». Si les nains de jardin et les fleurs de ta mère sont considérés comme des trésors, c'est plus que probable) |
| Que mes parents arrêtent de me montrer des films barbants | 5 % (d'accord avec toi, c'est quasi impossible) |
| Avoir le dernier iPhone | 30 % (il faudrait déjà que t'aies le droit d'avoir un téléphone) |

| CHOSE | POURCENTAGE DE PROBABILITÉ (suivi de l'avis du coauteur) |
| --- | --- |
| Sauver quelqu'un de malade | Pourcentage de réussite non déterminé (ça dépend de la maladie, si c'est une gastro et que tu lui cuis des carottes dans de l'eau chaude, ça peut être 100 %) |

## MILOS RIGOLA

| CHOSE | POURCENTAGE DE PROBABILITÉ (suivi de l'avis du coauteur) |
| --- | --- |
| Gagner une Coupe du monde de foot | 20 % (OK) |
| Rencontrer Grizou | 30 % (pourquoi seulement 30 %? En racontant son enfance, c'est comme si tu le rencontrais plusieurs fois par jour) |
| Jouer à Poly Bridge avec Squeezie | 80 % (alors là, tu rêves total! Avec ton chien: 80 %, avec Squeezie: 0,1 %) |

| CHOSE | POURCENTAGE DE PROBABILITÉ (suivi de l'avis du coauteur) |
| --- | --- |
| Que Tibor quitte la maison | 50 % (ouais, on peut tenter de le perdre la prochaine fois qu'on va à la piscine) |
| Participer à l'École des fans sur Gulli et chanter avec Soprano | 55 % (comment t'expliquer…) |
| Recevoir le Grand Prix du public au Festival de la BD d'Angoulême | 65 % (et d'un, il faudrait déjà que tu sois publié, et de deux, ton rêve n'est même pas transférable dans notre histoire. Grizou et Toto n'ont jamais dessiné) |

# *23*

Il m'a fallu un peu de temps pour réussir à parler. Mamie aussi avait perdu ses cheveux à cause du traitement qu'elle prenait pour sa maladie, mais pas d'un seul coup comme Lily. Et en plus, perdre ses cheveux ne l'avait pas empêchée de perdre la vie.

– C'est moi qui ai demandé à les couper, m'a dit Lily en passant sa paume sur son crâne nu. Je ne voulais pas les voir tomber.

Puis elle a pris la mienne et l'a passée sur le sommet de sa tête. C'était tout doux, comme la peau des pêches. J'ai laissé ma main là où elle était, je l'ai fait glisser, j'ai tracé des lignes et des formes, jusqu'au moment où j'ai repensé à mamie et je me suis arrêté.

– Pourquoi t'es ici ? lui ai-je demandé.

Lily est restée un instant sans rien dire. Elle souriait toujours, mais je sentais qu'elle se forçait.

– J'ai un truc dans le cerveau, une tumeur, a-t-elle commencé. Je l'ai depuis longtemps, mais elle est devenue plus grosse et j'arrive pas à la faire disparaître.

On aurait dit qu'elle parlait d'une tache de chocolat qui ne s'en va pas malgré tous ses efforts pour la faire partir. Je ne savais pas comment réagir et je n'arrivais

même pas à répondre à son sourire. Je m'en suis voulu, mais j'en étais incapable. Je venais d'apprendre la chose la plus injuste du monde, et je savais déjà qu'aucun exposé ne pourrait jamais l'expliquer.

– J'ai cru qu'en étant tout le temps gentille, a repris Lily, la tumeur deviendrait gentille, elle aussi. Mais en fait... tu avais raison, la gentillesse, ça sert à rien !

– Mais non ! Faut pas dire ça, ai-je presque crié.

– À quoi bon ? Si je ne peux même pas en profiter.

– Il faut peut-être que tu en laisses d'autres être gentils à ta place ?

Le lendemain, je suis revenu la voir, et le jour d'après, et celui d'après. Parfois, quand j'arrivais elle dormait, parfois, elle se réveillait et me souriait. Parfois, elle était tellement épuisée par son traitement qu'elle ne se réveillait pas, mais je restais quand même. Quand elle se sentait assez bien, je lui donnais des nouvelles de l'école et lui racontais les dernières boulettes de madame Galiote. Elle riait à mes blagues, et la voir rire me faisait me sentir bien. Elle avait les yeux qui brillaient lorsque je lui décrivais les défis de la gentillesse que je lançais à la maison. Et elle applaudissait quand je lui disais ce que papa et Xavier faisaient ensemble. Quelquefois, j'en rajoutais un peu, mais c'était pour la bonne cause, c'était pour qu'elle redevienne comme avant.

« Maintenant, oncle Xavier dépose mon père à son travail. Et en échange, papa a accepté de prendre en stage Plamen, le neveu de Radojka. Tu vois, on n'a jamais tort de faire le bien », lui avais-je raconté.

J'avais trouvé la phrase dans un des bouquins de maman, et je trouvais qu'elle allait parfaitement à Lily.

Puis, le cinquième jour, lorsque je suis arrivé dans la chambre, j'ai trouvé son lit vide. Je suis ressorti précipitamment et je me suis cogné contre ses parents. Je les avais juste vus deux fois lors de mes premières visites. Ils partaient quand j'arrivais car leur fille fatiguait plus vite dès qu'il y avait du monde dans sa chambre.

– Elle est où, Lily ? leur ai-je demandé sans leur dire bonjour.

Madame Fratelli m'a regardé, puis elle a posé la main sur le bras de son mari.

– Lily se fait opérer aujourd'hui. Je pensais qu'elle te l'avait dit. Rentre chez toi, Augustin. Je t'appellerai...

J'ai d'abord voulu rester et attendre qu'elle sorte du bloc opératoire, mais une infirmière m'a expliqué que cela allait être long, alors je suis parti et j'ai repris le bus. C'était la première fois que je trouvais la vie vraiment injuste et mauvaise. Pourquoi s'en prenait-elle à quelqu'un d'aussi bien que Lily ? Pourquoi n'allait-elle pas embêter ceux qui s'en foutaient totalement des autres, histoire de rééquilibrer la balance ?

En arrivant à la maison, j'ai reconnu la voiture d'oncle Xavier, et j'ai entraperçu Milos par la fenêtre du salon. J'aurais dû me réjouir de pouvoir voir mon cousin sans qu'on ait besoin de se cacher, mais, depuis que Lily était à l'hôpital, ce qui me rendait heureux avant n'avait plus la même saveur.

Je suis rentré par le garage et je suis monté dans ma chambre. J'ai ouvert le tiroir de mon bureau et j'ai sorti le grand cahier. J'ai tourné les pages, jusqu'au dernier dessin de Milos. Il était très coloré et joyeux. Je l'ai fixé un bon moment. Puis j'ai écrit une scène avec des couleurs et des rires. J'ai alors senti la boule dans mon ventre rapetisser, et je suis descendu dans le salon.

– Tu tombes bien, Tintin, s'est exclamé papa. Maman et moi avons une grande nouvelle à vous annoncer.

Il souriait comme quand il venait de découvrir un nouveau film sur la plate-forme CinéSomnifère.

– J'ai décidé de prendre un congé sabbatique d'un an, nous a-t-il dit. J'ai besoin de m'éloigner de la banque. J'ai envie de faire des choses pour moi, pour nous, pour les autres…

Il s'est tourné vers maman et lui a pris la main.

– Désormais, ce sera Clotilde qui rapportera un salaire à la maison. Dis-leur, ma chérie, quel beau travail tu vas faire.

– Eh bien, je vais m'occuper de ce que j'aime le plus…

Tous les regards se sont tournés vers moi, car, dans la logique familiale et naturelle des choses, j'étais celui dont elle aimait le plus s'occuper.

– … des livres ! a-t-elle poursuivi.

J'ai vu Xavier et Tibor faire une moue de dégoût. Quant à moi, j'étais un peu vexé d'être détrôné par des bouquins, même si j'avais passé l'âge de me faire bichonner toute la journée. Maman nous a ensuite expliqué qu'elle avait passé un concours et qu'elle allait travailler à la bibliothèque municipale.

– Ce sera donc Arthur qui se chargera des courses, de la cuisine, du ménage…

Papa souriait toujours. On aurait dit qu'il avait attendu ce jour toute sa vie. Je ne voyais pas en quoi récurer les toilettes et vider la litière du chat étaient si extraordinaires, mais j'ai préféré ne pas gâcher la joie de mes parents.

Et puis, je me suis dit que cette nouvelle ferait plaisir à Lily. À son réveil, je lui dirais que le monde s'améliorait, que ce qui nous arrivait était la preuve que la gentillesse et l'amour étaient plus forts que l'argent et les maladies.

# LES DEUX FANTASTIQUES

## Ébauche de scène

Toto et Pumpkin marchent sur la plage d'Olébo-Flots

Pumpkin: Waouh, c'est la première fois que je vois la mer!
Toto: ~~y en a pas~~ Chez toi, y en a pas?
Pumpkin: Non. Aucune plage comme ici, ça serait bien pourtant, car il fait hyper chaud là-haut.
Toto: Alors, t'es contente que je ~~suis~~ sois allé te chercher?
Pumpkin: Oui, c'est ~~grave~~ trop gentil de ta part, ~~du coup~~, j'ai déjà l'impression d'aller un peu mieux… Oh, c'est pas ton cousin, là-bas?

Toto: Non, ~~j'ai~~ je crois pas.
Pumpkin: Mais si, c'est lui!
Regarde celui avec les cheveux violets, accompagné de deux ~~mecs~~ gars ~~chelous~~ bizarres, l'un avec un chapeau, et l'autre, un blond avec des sneakers...

Grizou arrive en dribblant, accompagné de Soprano et de Squeezie.

## Messages de travail entre les auteurs Augustin Trévenoy et Milos Rigola

**Augustin Trévenoy :** Bon, t'es content ? J'ai mis Soprano et Squeezie dans le roman.

**Milos Rigola :** Ouais ! T'es trop cool, cousin ! Mais t'as vu, j'avais dessiné Pumpkin et Toto à la mer avant même que tu me le demandes !

**Augustin Trévenoy :** ...

**Milos Rigola :** Cousin, t'es toujours là ?

**Augustin Trévenoy :** Oui, excuse ! Je dois te laisser ! Y a le téléphone qui sonne.

# 24

Quand le téléphone a sonné, maman était en train de reclasser ses livres, papa lisait son magazine *Poules 2000*, et moi, j'étais plongé dans Animal Crossing. Je tentais de décorer l'entrée de mon île pour ne pas trop penser à Lily. Je ne savais pas comment elle allait depuis son opération. Je me disais que si ça ne s'était pas bien passé je l'aurais appris, mais plus le temps avançait, moins j'étais rassuré.

– Oui, il est là, a dit papa dans l'appareil.

Il s'est tourné vers moi.

– C'est pour toi, Augustin. La maman de Lily…

J'ai lâché ma console sans sauvegarder ma

partie, j'ai sauté par-dessus les piles de livres et pris le combiné que me tendait papa.

– Augustin, a commencé madame Fratelli, Lily rentre demain à la maison. Ça te dirait de venir la voir le week-end prochain ?

Je suis resté silencieux. Je me rendais compte à quel point j'avais attendu ce coup de fil.

– Ça ferait du bien à Lily de te voir..., a-t-elle repris. Même si l'opération s'est bien passée, elle n'est pas très en forme et on se disait que toi, peut-être, tu arriverais à lui redonner le sourire.

Madame Fratelli avait raison. Lily avait perdu son sourire. C'était comme si en l'opérant le chirurgien s'était trompé et le lui avait retiré à la place de sa tumeur. Cela faisait une heure que j'étais arrivé et rien n'y avait fait. Elle n'avait même pas réagi quand je lui avais annoncé que mon père avait abandonné son boulot et ses primes pour faire homme au foyer.

– Je suis fatiguée, Augustin, m'a-t-elle dit au bout d'un long silence.

– Tu veux que je m'en aille ?

– Non, ce n'est pas toi. C'est ça qui me fatigue, m'a-t-elle répondu en levant les deux bras, puis en les laissant retomber.

– Ça quoi ?

– Ne plus rien faire ! Tu sais, avant, chaque matin, j'étais tout excitée quand je me réveillais, je savais que la journée allait être pleine de surprises, et de tas de nouveaux défis à relever.

Elle a tourné la tête vers la fenêtre.

– Et maintenant, y a plus rien. Mes parents font tout ce qu'ils peuvent pour que je redevienne joyeuse, mais moi, ce qui me rend heureuse, ce n'est pas de recevoir, mais de donner !

– Dis pas ça, tu nous donnes toujours beaucoup de choses, lui ai-je répondu. C'est important aussi de penser à soi…

C'était l'une des phrases que papa avait soulignées dans *Tout quitter pour élever des poules*.

– C'est beaucoup moins marrant… m'a répondu Lily.

– En attendant que tu puisses refaire comme avant, tiens, regarde, je t'ai apporté ma tablette avec des super jeux dessus, des films, des séries… Milos m'a aussi passé sa collection des Gaston Lagaffe et trois *Calvin et Hobbes*. Ma mère t'a emprunté le premier tome de *L'Amour au ranch* ; si tu aimes, il y en a dix-huit autres. Et ma tante t'a préparé un bundevara…

Lily hochait la tête de gauche à droite au fur et à mesure que je sortais mes cadeaux. Puis, quand j'ai compris qu'elle n'en avait rien à faire, j'ai haussé les épaules et remis le gâteau de Radojka dans mon sac à dos.

– Bon, je m'en doutais un peu que ça ne marcherait pas, lui ai-je dit en regrettant de ne pas avoir écouté mon père. Mais il n'y a vraiment pas quelque chose qui te ferait plaisir ?

– Non.

– T'es sûre ? Réfléchis… n'importe quoi,

et je te promets de faire tout mon possible pour te l'apporter.

Lili faisait non de la tête, quand soudain elle s'est arrêtée en plein mouvement.

– Tu veux vraiment me faire plaisir ?

– Oui !

– Alors remplace-moi.

J'ai d'abord cru qu'elle me parlait de sa place de malade, comme si on pouvait inverser nos corps et nos vies par amitié, prendre les maladies des autres par solidarité, afin que cela ne soit pas toujours les mêmes qui en bavent.

– Non, je ne te demande pas de prendre ma tumeur, a-t-elle ajouté en voyant que je ne comprenais pas.

Ses joues avaient doucement rosi.

– L'autre jour, tu m'as dit qu'il fallait que je laisse d'autres personnes être gentilles à ma place. Alors j'ai pensé que tu pourrais me remplacer à la fête solidaire de la Croix-Rouge. C'est bientôt Noël, et chaque année j'aide maman à récolter de l'argent… Si je savais que tu me remplaçais, je crois que je me sentirais tout de suite beaucoup mieux !

J'ai froncé les sourcils.

– Tu... tu me demandes d'être gentil avec les autres, pas avec toi ?

– C'est à peu près ça, m'a-t-elle répondu.

Puis elle m'a pris le sac à dos des mains et elle a ressorti le gâteau serbe de Radojka.

# 25

La semaine précédant la fête solidaire, j'ai invité Lily à la maison. C'était sa première sortie depuis son retour de l'hôpital, et la première fois qu'elle venait chez moi. Enfin, mon vrai chez-moi. J'avais passé le week-end à ranger et à astiquer ma chambre. J'étais aussi allé chez Milos pour apprendre à cuisiner le bundevara dont elle raffolait. J'avais dû rater un passage dans les explications de Radojka, car ma pâtisserie avait l'air d'être tombée du dixième étage. Pourtant, papa m'avait aidé.

– Oh, ce n'est pas grave, tu sais, m'a dit Lily avant de croquer dans sa part. Ce n'est pas l'apparence qui compte.

Pour couvrir son crâne nu, elle avait mis

un bandana couleur citrouille sur sa tête. On aurait dit Pumpkin.

– Tu sais, ai-je commencé sans réaliser ce que je m'apprêtais à lui dire, j'aimais bien quand tu avais tes cheveux, mais je trouve que sans tu es aussi très jolie.

– Oh, c'est gentil, m'a-t-elle répondu tandis que je me sentais devenir aussi rouge que De Mesmaeker.

– Je crois bien que j'ai eu une bonne formatrice, ai-je continué.

– En pâtisserie ?

– Non, en gentillesse…

Elle a souri. Elle avait des miettes de gâteau au coin des lèvres. Mais ça aussi, c'était joli.

Tout était joli chez Lily.

– À propos, a-t-elle repris d'un air soudain inquiet. Tu as réuni combien d'objets pour vendre à la journée de la Croix-Rouge ?

L'argent des ventes devait servir à louer une salle pour le 24 et à organiser une fête de Noël pour ceux qui n'avaient rien ou étaient seuls. Et, pour le moment, je n'avais pas rassemblé grand-chose.

– Trois, lui ai-je répondu.

– Trois sacs ? s'est exclamée Lily, les yeux de nouveau brillants.

– Non, trois objets, lui ai-je avoué en baissant la tête.

Une balle de jonglage, un vieux scrabble trouvé dans le grenier et la collection de toupies de papa de quand il était petit. Pourtant, j'avais collé des affiches d'appel à la solidarité dans toute la ville.

– Oh, c'est tout ? a fait Lily. D'habitude, je remplissais dix sacs Ikea... Mais c'est ma faute, je ne t'ai pas formé, a-t-elle ajouté dans un soupir.

– Je ne savais pas qu'il fallait un bac + 3 pour participer à l'organisation d'une fête solidaire.

Elle m'a regardé d'un air interloqué.

– C'est de l'humour, Lily. Ne prends pas tout ce que je dis au sérieux, sinon on va pas y arriver… Bon, explique-moi plutôt comment je dois m'y prendre.

– Non, finalement, je crois que c'est mieux que ce soit toi qui trouves. Après tout, je suis en convalescence. Mais je préfère te prévenir, on a besoin de 500 euros, et, à ce rythme-là, j'ai peur qu'on ne les obtienne pas. Avec tout ce qui se passe en ce moment, les gens sont devenus un peu moins généreux.

Elle a soupiré.

– Mais c'est pas leur faute, s'est-elle rattrapée, je comprends.

– Arrête.

– Quoi ?

– De tout le temps excuser les gens. Certains n'ont pas d'excuses.

– Je suis comme ça, m'a répondu Lily en haussant les épaules. J'essaie toujours de voir le bon côté des choses et des gens. J'ai un cerveau qui fonctionne sous forme de listes.

– De listes ? ai-je répété.

Et moi qui pensais qu'il n'y avait que Milos

et moi qui avions cette manie. Mais non. Mon père en faisait, Lily aussi. Tout le monde listait. La vie était une série infinie de colonnes. Pour avancer, il fallait les remplir les unes après les autres.

– Bah oui, tout est beaucoup plus clair et plus chouette quand on fait un peu d'ordre dans sa tête.

Elle a attrapé son sac à dos.

– C'est mon médecin qui m'a conseillé de faire ça.

Elle a sorti un gros cahier et l'a ouvert pour me montrer. Sa première liste s'intitulait « Pourquoi avoir une tumeur n'est pas aussi dramatique que ça ». En dessous, Lily avait énuméré différentes raisons : parce que c'était un petit être vivant comme un autre, avec ses défauts et ses qualités ; parce qu'il ressemblait à un papillon et qu'un papillon, c'était mignon ; parce qu'il lui tenait compagnie ; parce qu'il lui fallait bien un abri à ce petit insecte ; parce que, grâce à lui, elle pouvait demander tout ce qu'elle voulait à ses parents ; parce que de larve il était devenu papillon, et qu'il était le symbole de la renaissance…

Les autres pages portaient sur des gens que je ne connaissais pas et d'autres que je connaissais, comme Charline, Fatima, Paulus… avec pour chacun une colonne plus et une colonne moins.

– C'est vrai, après tout, on n'est pas que comme ci, ou que comme ça, a-t-elle commenté tandis que je feuilletais ses listes.

J'ai pensé à papa.

– Tu veux voir celle que j'ai faite sur toi ? m'a-t-elle proposé.

Je n'ai même pas eu le temps de répondre qu'elle avait tourné les pages jusqu'à arriver à la mienne, ou plutôt aux miennes, car j'en occupais trois dans son cahier.

– Il m'a fallu un peu plus de place que pour les autres, s'est-elle justifiée en rougissant.

En baissant les yeux, j'ai d'abord vu que le début de la colonne des moins était très rempli. Puis, brusquement, elle s'arrêtait à la moitié de la page, contrairement à celle de droite qui débutait alors et dans laquelle Lily avait dû serrer ses mots pour tout faire rentrer.

C'était sa liste à elle, alors je ne vais pas la dévoiler, mais je peux vous dire qu'elle était fantastique.

En attendant de trouver une idée de fin pour leur roman, les auteurs Augustin Trévenoy et Milos Rigola font de nouvelles listes.

Liste des 5 choses qu'on n'aurait pas ~~faites~~ ~~fait~~ faites si on avait su

| AUGUSTIN | MILOS |
|---|---|
| Avoir participé à « Il parle comme il dégaine » (complètement débile quand on y pense) | Avoir cru que les œufs Kinder étaient pondus par de vraies poules |
| Avoir appelé madame Galiote par tout un tas de noms, sauf celui de maîtresse hyper cool | Avoir raconté à l'école que j'avais une poule Kinder de compagnie et qu'il suffisait de lui dire « ponds ! » pour avoir un œuf au chocolat et un jouet dedans |

| AUGUSTIN | MILOS |
| --- | --- |
| N'avoir jamais demandé à mes parents si leur vie leur plaisait | Avoir demandé une fois à mon père pourquoi on était en HLM et pas dans une belle maison comme celle d'Augustin |
| Avoir été désagréable avec Lily quand elle est arrivée dans la classe | Avoir vraiment cru que mon petit frère était un espion |
| Avoir eu honte de mes parents | Avoir prétexté 3 fois en 2 semaines que j'avais une gastro-entérite. Maintenant, j'ai droit à du potage tous les soirs. |

## Liste des 5 trucs chelous que les auteurs Augustin Trévenoy et Milos Rigola aiment faire

- Péter en classe (discrètement)
- Ressortir les jouets de quand on était petits
- Lire les textos que s'envoient nos parents
- Manger des cookies trempés dans du ketchup
- Attraper des objets avec les pieds

## Liste des 5 trucs que les auteurs Augustin Trévenoy et Milos Rigola détestent

| AUGUSTIN | MILOS |
| --- | --- |
| Les endives au jambon | Le Srpski duvec (ragoût serbe) |
| Quand papa me dit « tu me déçois beaucoup » | Quand maman me dit « j'espère que cela te servira de leçon » |

| AUGUSTIN | MILOS |
| --- | --- |
| Le lundi matin | Quand papa termine ses phrases par « LOL » pour faire jeune |
| Quand maman partage ses lectures coups de cœur à table | Quand papa veut que je fasse copain-copain avec le fils de son collègue, alors que je le trouve insupportable. Il a vraiment une tronche de cake. |
| Quand papa et maman me parlent des dangers d'Internet alors qu'ils ont le nez sur leur smartphone | Aller aux toilettes quand Tibor vient juste d'y passer |

# 26

– Quoi de neuf, les enfants ?

On a tous les deux sursauté. Papa venait d'arriver dans la cuisine, muni des gants roses et du plumeau qui avaient remplacé sa cravate et son attaché-case.

– On discutait, lui ai-je dit tandis que Lily rangeait son cahier.

– Qu'est-ce que vous avez prévu de beau ? Jeux vidéo ? Séries Netflix ? Je peux vous emmener au centre commercial, si vous avez envie.

J'ai regardé Lily. Quand j'étais avec elle, je n'avais pas envie de jouer ou de regarder la télé. Quand j'étais avec elle, j'aimais ma vie telle qu'elle était.

– Non, on doit préparer le Noël solidaire de la Croix-Rouge, lui ai-je répondu.

Lily a souri.

On y a passé le reste de l'après-midi. Enfin surtout moi, car Lily se contentait de m'observer et de commenter les solutions que je proposais. Elle faisait « tss tss » dès que je m'égarais, par exemple quand j'ai eu l'idée de décaler d'un an la fête de la Croix-Rouge le temps que la crise sanitaire et économique soit passée. En fait, depuis le début de notre séance, elle faisait beaucoup de « tss tss ».

Papa, en revanche, a décidé de m'aider alors que je ne lui avais rien demandé. Je me voyais mal le renvoyer dans le salon. Depuis qu'il avait commencé sa nouvelle vie d'homme au foyer, je sentais bien qu'il tournait en rond une fois l'aspirateur passé et les vitres lavées deux fois par jour. Je l'avais entendu parler avec maman. Il lui avait dit que ce qui lui manquait, ce n'était pas la banque et les chiffres à plein de zéros qu'il faisait rentrer ou sortir des comptes bancaires des gens, mais le contact.

– Il nous faut une stratégie, nous a-t-il dit.

Il avait sorti la même chose une heure plus tôt, et de stratégie, on n'en avait toujours pas. Lily avait arrêté de faire « tss tss », mais elle soufflait et j'avais peur qu'elle cherche quelqu'un d'autre pour la remplacer. Après la pause du goûter, maman aussi a essayé de me filer un coup de main, mais elle a vite compris qu'elle était un peu à côté de la plaque. Sa proposition de lire des poèmes à voix haute, au prix de 5 euros l'unité, n'a pas vraiment fait l'unanimité. Même le chat Gaston est allé se coucher alors que Lily lui avait apporté des friandises au thon.

– La générosité, c'est pas comme un crédit immobilier, a dit papa en soupirant, c'est beaucoup plus dur à débloquer.

– C'est ainsi que sont les êtres humains, a poursuivi maman dans un même soupir. La plupart des gens sont d'accord pour donner à condition de recevoir quelque chose en échange.

C'est à ce moment-là que j'ai pensé à *Une fiole et la vie*, le film guatémaltèque qu'on avait vu le week-end dernier. Le personnage principal, un vieillard, sans abri, sourd, muet et unijambiste, offre un flacon contenant de l'eau du rio de la Vida, réputée pour rendre immortel, à chaque personne lui donnant quelques pièces, de la nourriture ou un vêtement.

– Le gel d'oncle Xavier ! me suis-je exclamé.

Mes parents m'ont regardé comme Grizou avait regardé Toto lorsqu'il lui avait parlé pour la première fois de Pumpkin.

– Mais si, vous savez bien, l'autre jour, il nous a dit qu'à son usine ils avaient trop de stock de gel hydroalcoolique et qu'ils ne savaient pas quoi en faire. Il suffirait de les récupérer et de les vendre le jour de la fête. Comme, à la télé, ils disent que d'autres virus vont arriver, les gens seront intéressés, c'est sûr !

Sa fourchette en l'air, papa me regardait d'un air indécis.

– Et comme ça, ai-je continué, Xavier relèverait un nouveau défi de la gentillesse sans rien avoir à faire.

Mon père a posé sa serviette et s'est levé.

– Tu as raison. Je vais l'appeler !

J'ai tourné la tête vers Lily et vu qu'elle avait une banane sur le visage. Puis, quand papa est revenu nous dire que l'oncle était d'accord, son sourire s'est encore agrandi, et, tandis qu'elle remontait dans la voiture de sa mère, il ne l'avait pas quittée.

Finalement, j'étais bien content de m'être coltiné les films assommants de mes parents, si ça permettait de sauver des vies.

Deux semaines plus tard, j'étais devant mon stand à la place qu'aurait dû occuper Lily. Je vendais les gâteaux serbes confectionnés par Radojka, d'autres franco-je-ne-sais-quoi cuisinés par moi et papa, des flacons de gel Hygiotout, des DVD et de vieux livres pour enfants que maman avait récupérés de la bibliothèque municipale. Enfin, j'essayais de les vendre, car, pour le moment, mon pot de confiture destiné à l'argent des ventes était quasi transparent.

Pendant ce temps-là, Milos jouait de l'harmonica dans l'allée, une trousse ouverte à ses pieds. Le problème, c'est que les mélodies qu'il tentait de reproduire faisaient surtout fuir les gens. Jusqu'au moment où la dame du stand d'en face a demandé à papa si les ouvriers pourraient arrêter de travailler pendant la vente solidaire.

– Les ouvriers ? a fait mon père.

– Oui, leurs bruits de perceuse et de scie ne vont pas faire venir les gens.

Mon père s'est gratté la tête, puis il a proposé à Milos d'aller jouer dehors. Il lui a dit qu'il y avait plus de monde à l'extérieur et qu'il aurait sans doute « davantage de chances de faire des entrées ». Le cousin l'a bien pris et il est parti. Dire les choses gentiment, même si c'est pas vrai, ça dépanne bien quand même.

Milos dégagé, j'espérais que les ventes allaient décoller, quand j'ai vu Lily arriver.

– Je me suis dit que tu aurais besoin d'une assistante. Il te faudra bien quelqu'un pour surveiller le stand quand tu auras envie d'aller aux toilettes, m'a-t-elle dit en s'asseyant sur la chaise derrière le stand.

– Oh, c'est gentil ! ai-je bafouillé en essayant de cacher le pot de confiture.

– Combien t'as pour le moment ? m'a-t-elle demandé en se relevant.

– 32 euros et 75 centimes, ai-je bien dû lui avouer.

– Oh…

Elle s'est rassise d'un air triste.

Alors je n'ai pas eu le choix.

# LES DEUX FANTASTIQUES

## Notes de travail

Comment bien terminer un roman ?

En faisant une fin
qui soit
le début
d'une
nouvelle
histoire.

# *27*

– Augustin ? a appelé Lily, inquiète de me voir accroupi sous la table. Ne t'en fais pas, on se débrouillera autrement si on n'a pas assez.

Je me suis relevé, tenant entre mes mains quelque chose qui depuis deux semaines m'avait pris toutes mes soirées. J'étais ému et un peu effrayé en posant la pile sur la table. Je crois que j'avais du mal à m'en séparer. Alors j'ai repensé à ce qu'avait dit Milos l'autre jour, citant Soprano, Grizou, ou je ne sais qui : « Les histoires sont faites pour être partagées. »

Lily s'est approchée d'un air curieux.

– C'est toi qui as fait ça ? m'a-t-elle demandé en regardant la couverture de *La Fantastique, ou la vie telle qu'elle pourrait être.*

– Oui, sauf au début où mon cousin m'a aidé.

– Et tu as fait les copies à la main ?

– Non, ce sont des photocopies couleur. Papa m'a donné un coup de main.

Un soir, on était retournés à son bureau pour utiliser la photocopieuse. On avait attendu dans le Grand Café, et quand on avait vu De Mesmaeker sortir, papa avait appelé Thierry pour qu'il nous fasse entrer. Mais j'ai préféré ne pas révéler à Lily cette partie-là de l'histoire. Les meilleurs livres sont ceux où il reste une part de mystère.

– Et ça parle de quoi ?

– De la rencontre entre une fille pas comme les autres, une sorte d'extraterrestre, si tu veux, et un garçon qui a une passion pour les étoiles.

– Oh, ça a l'air chouette… J'espère que ça finit bien. J'aime les fins heureuses.

Ce samedi aussi s'est bien terminé. Le soir,

les stands étaient presque vides, nous avions atteint les 500 euros et j'avais vendu tous les exemplaires de *La Fantastique*, sauf un que j'avais laissé dans mon sac à dos. On a rangé et on a quitté la salle. J'étais content et triste en même temps, car la journée était finie, et je ne reverrais Lily qu'après les vacances. Comme tous les ans, nous partions chez les parents de maman pour les fêtes de fin d'année.

– Lily ! l'ai-je appelée alors qu'elle et sa mère rejoignaient leur voiture.

Elle s'est retournée et s'est approchée de moi. Son bandana s'était un peu détaché avec le vent et j'ai aperçu un début de boucle rousse dépasser de sous le tissu. Ça m'a rendu heureux. Comme au printemps quand les fleurs de notre jardin réapparaissent avec les papillons.

– Tiens, c'est pour toi, lui ai-je dit en lui tendant mon livre.

– Oh, a-t-elle fait.

On est restés sans rien dire. Puis j'ai sorti un stylo de mon sac à dos.

– Tu permets que je fasse une dernière modification ? lui ai-je demandé.

– Bien sûr.

On s'est assis sur les marches. J'ai relu la seconde partie de mon titre, « ou la vie telle qu'elle pourrait être », puis je l'ai rayée et j'ai remplacé le conditionnel par l'indicatif.

Car cette histoire, c'est la vie telle qu'elle est.

De la même autrice à *l'école des loisirs*

Collection Neuf

*Strada Zambila*
*Solaire*

Collection Médium

*Les Inoubliables*
*Une vie en milonga*
*Le ciel est à tout le monde*